Dies ist mein dritter Kriminalroman, insgesamt mein viertes Buch.

Die Erzählungen basieren auf persönlichen Erfahrungen, eigenen Erlebnissen und auf Begegnungen mit Menschen aus meinem privaten Leben und aus der Arbeitswelt. Vieles ist reine Phantasie.

Einiges ist so oder ähnlich passiert. Das meiste habe ich aber frei erfunden oder meinen eigenen Erlebnissen hinzugefügt und im Roman überzeichnet.

Mein erstes Buch: „NEIN STEIN –Ein Nachkriegskind in Münster erinnert sich" –veröffentlicht 2013, ist meine Biografie von 1942 bis 1960.

Mein zweites Buch: „Die Tote am Strand" ist ein Kriminalroman, ein Urlaubskrimi auf Kreta – veröffentlicht 2013

Mein drittes Buch: „Die ewige Ruhe" ist ein Kriminalroman mit Gedanken über das menschliche Dasein – veröffentlicht 2014

Jürgen von Harenne

Dieses Buch widme ich meiner Frau Gisela von Harenne und unseren Kindern Nicola und Manuel von Harenne

Alle Namen, Personen und Ereignisse sind frei erfunden.

Ähnlichkeiten mit der Wirklichkeit sind zufällig.

Jürgen von Harenne

Der Bauingenieur

Kriminalroman

Impressum:

© 2014 Jürgen von Harenne

Autor: Jürgen von Harenne
Umschlaggestaltung, Illustration: Jürgen von Harenne

Verlag: Westfälische Reihe, Münster
ISBN: 978-3-95627-225-7
Printed in Germany

Das Werk, einschließlich seiner Teile, ist urheberrechtlich geschützt. Jede Verwertung ist ohne Zustimmung des Verlages und des Autors unzulässig. Dies gilt insbesondere für die elektronische oder sonstige Vervielfältigung, Übersetzung, Verbreitung und öffentliche Zugänglichmachung.

Bibliografische Information der Deutschen Nationalbibliothek:
Die Deutsche Nationalbibliothek verzeichnet diese Publikation in der Deutschen Nationalbibliografie; detaillierte bibliografische Daten sind im Internet über http://dnb.d-nb.de abrufbar.

Inhaltsverzeichnis

Kapitel 1 9
Kapitel 2 23
Kapitel 3 35
Kapitel 4 47
Kapitel 5 66
Kapitel 6 80
Kapitel 7 103
Kapitel 8 119
Kapitel 9 134
Kapitel 10 153
Kapitel 11 166
Kapitel 12 190
Kapitel 13 207

Personen und Namen, die in dem Buch vorkommen und wichtig sind:

- **Münster:**

- **Walter Kirchhoff**: 41 Jahre alt, Bauingenieur. Er ist städtischer Angestellter beim Tiefbauamt in Münster und später in der Stadt Halle/Saale.
- Seine Ehefrau **Erika Kirchhoff**, 39 Jahre alt. Sie haben 4 Kinder: Claudia (15), Markus (13), Carola (11) und Charlotte (8).

- **Reinhold Bauer: 36 Jahre alt**, Bauingenieur. Kollege von Walter Kirchhoff beim Tiefbauamt in Münster.

- **Maria,** Schwester von Erika Kirchhoff aus Mettmann.

Halle:

- **Fritz Wenning:** Amtsleiter Tiefbauamt Halle
- **Helga Bellmann**, ca. 45 **Jahre alt:** Sekretärin im Tiefbauamt Halle.
- **Jürgen Fischer: 35 Jahre alt**, Bauingenieur. Kollege von Walter Kirchhoff beim Tiefbauamt in Halle.

- **Judith Ammermann:** 23 Jahre alt, Sie ist angeblich Krankenschwester in der Klinik Kröllwitz in Halle.
- **Bruder Heinz und Familie Ammermann.** Sie wohnen in Potsdam.
-
- **Baufirma „Wolle-Hoch-Tief" in Münster:**
- Eigentümer **Herbert Wolle, Ingenieur, 52 Jahre alt:** und seine Frau **Hannelore, 50 Jahre alt.**
- Deren **Sohn Reiner, (27), Ingenieur,** ledig, und seine Freundin **Sarah**. Er leitet seit 1994 die Zweigstelle der Firma in Halle/Saale.
- **Marion Schade, 45 Jahre alt:** Büroleiterin der Firma Wolle in Münster.
- **Martina Müller, 20 Jahre alt:** Sekretärin der Firma Wolle in Münster.
-

- **Fa. „Wolle-Hoch-Tief" in Halle/Saale:**
- **Paul Weber (32):** Büro- und Bauleiter in Halle.
- **Anton Kruse (38):** Straßenmeister und Vorarbeiter.
- **Anne Wrede (23):** Sekretärin in Halle/Saale.

- **Hauptkommissarin Helga Hoffmann**, in Halle
- **Kommissar Otto Kerner**, in Halle.

Kapitel 1

Münster in Westfalen im Jahre 1994, vier Jahre nach der Wiedervereinigung der beiden deutschen Staaten

Montagmorgen nach einem normalen Wochenende im März, 8.30 Uhr im Büro der Baufirma Wolle-Hoch-Tief, **WHT,** in Münster.

Die Büroleiterin Frau Schade verkündet laut, so dass es sogar einige der anderen Angestellten im Büro durch die offenstehenden Türen hören: „Der Chef ist da."

Sie hat von ihrem Fenster aus den schwarzen Mercedes gesehen. Der Platzwart der Firma öffnet per Knopfdruck das schwere, eiserne Rollentor und der Mercedes biegt in die Einfahrt des riesigen Video-überwachten Firmengeländes ein und fährt in seinen Carport. Kurz darauf hört sie seine unverwechselbaren Schritte.

„Guten Morgen Frau Schade", tönt es kurz darauf. Seine Stimme ist raumfüllend und selbstbewusst.

„Alles in Ordnung? Irgendwelche besonderen Vorkommnisse? Sind alle Baustellen pünktlich um 7.00 Uhr gestartet?"

„Typisch Chef." denkt sie, „so gut ist er montags nur drauf, wenn sein Lieblingsverein ‚Borussia Mönchengladbach' am Samstag gewonnen hat. Wie heute auch kommt Herbert Wolle jeden Tag pünktlich fast zur gleichen Zeit ins Büro. Immer mit dem gleichen Begrüßungsspruch."

Die Firma Wolle-Hoch-Tief ist eine der größten Baufirmen in Münster und Umgebung. Das zweistöckige Verwaltungsgebäude liegt direkt am großen Firmengelände im Gewerbegebiet. Es ist ein Klinkerbau, den noch sein Vater gebaut hat. Aber die gesamte Inneneinrichtung des Gebäudes ist vor ein paar Jahren grundsaniert worden. Die Möbel und die technische Ausstattung sind auf dem modernsten Stand. Auf dem Lagerplatz gibt es mehrere große Hallen für die Baumaschinen, die Lastwagen und die Geräte sowie das Personalgebäude mit Aufenthaltsräumen und Toiletten für die Bauarbeiter. In einem abgetrennten Bereich lagern verschiedene Baumaterialien.

Die Firma Wolle-Hoch-Tief führt Straßenbauarbeiten und Hochbauarbeiten durch. In den letzten Jahren hat die Firma ständig neue Bauaufträge bekommen. Stillstand gibt es nicht.

Eine regelmäßige Einnahme sind vor allem die Arbeiten für die Straßeninstandsetzung im Stadtgebiet und im Umland.

Für den Hochbau hat Herbert Wolle eine eigene Planungsgruppe eingerichtet. Neben größeren Neubauten bekommt die Firma gerade jetzt viele Aufträge zur Neugestaltung des ehemaligen Kasernengeländes. Hier ist die Firma an der Planung und Umgestaltung der Gebäude und auch an der Neugestaltung der Straßen und Grünflächen beteiligt.

Herbert Wolle ist Diplom-Ingenieur. Zur Leitung einer solch großen Firma ist auch kaufmännisches Geschick und Führungsqualität gefragt.

Das hat sich Herbert Wolle im Laufe der Jahre erfolgreich angeeignet. Immerhin ist er jetzt 52 Jahre alt und leitet die Firma schon fast 25 Jahre. Dieses Familienunternehmen hat er von seinem Vater als kleine Baufirma übernommen und zu einem großen Bau-Unternehmen ausgebaut.

Im Büro arbeiten inzwischen zwei Ingenieure Herr Winkler, Herr Zobel und sein Sohn Reiner in der Planung und für die Erstellung von Angeboten bei öffentlichen Ausschreibungen von Baumaßnahmen.

Zwei weitere Bauingenieure, Frau Hamke und Herr Wolter sind verantwortlich für die Bauleitung im Außendienst. Die Arbeiten auf den Baustellen beginnen täglich um 7.00 Uhr. Die Bauleiterin und der Bauleiter sind um diese Zeit längst unterwegs auf den Baustellen.

Insgesamt beschäftigt die Firma Straßenmeister, Bauarbeiter, Facharbeiter für den Hochbau und den Straßenbau und Maschinisten zur Bedienung der hochwertigen Straßenbaumaschinen. Viele davon sind schon jahrelang bei der Firma Wolle beschäftigt, einige Arbeiter wechseln ab und zu. Der gesamte Personalbestand beträgt etwa dreißig Leute. Viele Zusatzaufträge lässt Herr Wolle von Subunternehmern ausführen.

Frau Schade ist seine unmittelbare Chefsekretärin, seine kaufmännische Beraterin und das lebende Personalbüro. Sie verwaltet alle Personaldaten der gesamten Belegschaft. Zusätzlich arbeitet im Vorzimmer die 20 Jahre alte Sekretärin Martina Müller. Sie erledigt die Schreibarbeiten. Herr Wolle Senior mag Frau Müller. Sie ist mit ihrer schlanken Figur, ihren blonden, langen Haaren und ihrem freundlichen Charakter genau sein Typ.

Frau Müller ist erst drei Jahre in der Firma. Sie genießt es, in der Firma bei Herrn Wolle als besonderes Schmuckstück zu gelten. Sie ist immer modisch aktuell gekleidet und tritt entsprechend selbstsicher auf. Ihre Arbeit als Sekretärin beherrscht sie hervorragend. Gutes Aussehen allein reicht ihr nicht. Sie will auch die fachliche Anerkennung. Und die hat sie.

In einem Moment, in dem er mit Frau Müller allein im Raum ist und Frau Schade kurz hinausgegangen ist, kann er seine Bewunderung nicht verbergen:

„Frau Müller, Sie sehen ja heute wieder sehr schick aus. Dieses rote Kostüm steht Ihnen ausgezeichnet." Eigentlich wollte er ja sagen: „Martina, du siehst richtig stark und sexy aus. Dieses rote Kostüm ist wirklich heiß, schön knackig eng und mit der richtigen Länge eine Handbreit überm Knie."

Doch das kann er jetzt hier im Büro nicht sagen. Auf den gemeinsamen Dienstfahrten sind sie per Du. Sie haben aber eine Abmachung, sich im Büro nicht zu duzen, hier gilt das ‚Sie'.

Martina Müller genießt seine Komplimente und seine Aufmerksamkeit: „Vielen Dank für das Kompliment, Herr Wolle", sagt sie stolz und mit einem leicht ironischen Unterton. Aber hier ist er nun mal nicht Herbert, sondern Herr Wolle.

Herbert Wolle lebt für seine Firma. Und er lebt nicht schlecht.

Sein größter Wunsch ist, dass sein 27 Jahre alter Sohn Reiner einmal in seine Fußstapfen tritt und die Firma erfolgreich weiterführt.

Er macht seinen obligatorischen Rundgang durch die Büros und hat für jeden ein freundliches Wort: „Na, wie war Ihr Wochenende? Alles okay zu Hause? Wie geht es Ihrer Frau, ist sie wieder gesund?"

Er fühlt sich als Chef für alle verantwortlich und weiß: Ein gutes Betriebsklima ist eine der Voraussetzungen für die Leistungsbereitschaft und damit für den Erfolg, den Umsatz und den Verdienst der Firma.

Seine Angestellten profitieren davon. Vor allem aber können er und seine Familie weiterhin den hohen Lebensstandard führen.

Als Chef ist Herr Wolle immer korrekt im Anzug oder einer Kombination mit Jackett gekleidet. Darauf legt er großen Wert, obwohl er ab und zu seine Baustellen begutachten muss oder an Besprechungen vor Ort teilnimmt. Ein roter Schutzhelm und ein Paar feste Schuhe liegen dafür immer in seinem Mercedes bereit.

Heute kommt er in einem hellgrauen Anzug ohne Krawatte. Ein weißes Sporthemd betont seine lässige Art. Er fragt Frau Schade: „Welche besonderen Termine habe ich heute?"

„Gleich um 9.00 Uhr ist Ihre wöchentliche Montagsbesprechung mit den Ingenieuren. Um 16.00 Uhr wollten Sie zu einer Besprechung mit Bürgern und Fachleuten im Stadthaus, bei der es um die Nutzung frei werdender Flächen im Bereich eines Baugebietes geht. Die weiteren Wochentermine gebe ich Ihnen gleich in Ihr Zimmer.

Sie sind so gut gelaunt, hat Gladbach am Samstag gewonnen?"

„Sie sagen es. Die Gladbacher haben Leverkusen 2 : 0 geschlagen. Jetzt spielen sie ganz oben in der Tabelle mit. Das stimmt doch fröhlich oder nicht?"

Frau Schade weiß, wie Ihr Chef fühlt und was ihm gute Laune macht. Fußball gehört bestimmt dazu. Die kleinen Flirts mit der Kollegin Martina Müller braucht er. Er fühlt sich als Mann um die 50 durch sie und ihre nette Art bestätigt. Solange sie selbst dadurch keine Nachteile hat und sie von der Kollegin als Büroleiterin akzeptiert wird, kann sie gut damit leben. Außerdem hat sie mit Martina Müller ein ausgesprochen gutes Verhältnis. Sie verstehen sich gut und ergänzen sich inzwischen ausgezeichnet.

Seine Frau Hannelore könnte da schon eher eifersüchtig sein. Aber den täglichen Betrieb in der Firma kennt sie ja kaum. Allerdings ist Frau Müller einige Male als Begleiterin mit dem Chef zu Tagungen und anderen Terminen nach Frankfurt, Leipzig und Halle/Saale gefahren.

Das weiß seine Frau. Sie kennt ihren Mann und traut ihm wohl einiges zu. Sie ist aber selten eifersüchtig. Wenn er ein paar Tage ohne Frau Müller auf dienstlichen Reisen ist, ist ihr Herbert bestimmt kein Kind von Traurigkeit. Er findet immer eine schöne Begleitung und verbringt seine Abende bestimmt nicht allein.

Auch wenn er mit anderen Fachleuten von Baufirmen oder vom Tiefbauamt auf einer Fachmesse in Frankfurt oder Hannover war, ist sie sich sicher, dass sie bestimmte Bars im Rotlichtmilieu besucht haben. Da ist auch sein Freund Walter kein Heiliger.

Sie genießt ihr Leben, managt den Privatbereich und nimmt sich ihre persönlichen Freiheiten. Für den Haushalt hat sie eine Haushälterin. Zusätzlich reinigt eine Firma die Fenster und ein Gärtner pflegt den Garten.

Sie hat ihre eigenen Ansprüche. Immerhin ist sie schon zum zweiten Mal 49 Jahre alt geworden, sieht aber durch ihre schlanke, sportliche und gepflegte Figur wesentlich jünger aus.

„50 ist so eine Zahl. Die gefällt mir noch gar nicht", sagt sie immer über ihr Alter.

Mit ihrem "Baby", so nennt sie ihr Mercedes Sportcabrio, fährt sie regelmäßig zur Gymnastik und zum Tennis.

Sie hat ihre Termine beim Frisör, im Nagelstudio und die Treffen mit ihren Freundinnen zum Kaffeetrinken in der Stadt und zum Einkaufen und Bummeln.

Bei besonderen Feierlichkeiten und Festen treten Hannelore und Hubert Wolle gemeinsam als strahlendes Paar der High-Society von Münster auf.

Um Punkt 9.00 Uhr kommen die Ingenieurin Frau Hamke, der Junior Reiner Wolle und die drei anderen Bauingenieure zum Chef. Frau Müller hat zwei Kannen Kaffee gekocht und Tassen aufgedeckt. Das ist schon Tradition bei der Montagsbesprechung.

Im Chefzimmer steht der große Besprechungstisch. Zuerst fragt Herr Wolle Frau Hamke und Herrn Wolter: „Wie laufen die Arbeiten beim Umbau im ehemaligen Kasernengelände in Coerde?"

Beide geben ihm einen kurzen Bericht.

Herrn Zobel fragt der Chef: „Die Stadt hat den Ausbau der Hammer Straße ausgeschrieben. Sie haben sich die Unterlagen beschafft und erstellen ein Angebot?"

„Ich bin dabei. Wir haben aber noch zwei Wochen Zeit bis zu dem angegebenen Submissionstermin."

„Ich gehe davon aus, dass Sie das so rechtzeitig fertigstellen, dass Sie mir die Angebotssumme eine Woche vorher geben können. Ich muss die Summe rechtzeitig wissen, sonst habe ich bei meinen Kontakten keine Basis. Sie wissen, was ich meine?"

„Alles klar, Herr Wolle. Das schaffe ich."

„Herr Wimber", wendet sich Herr Wolle zur Seite, „Sie arbeiten an unserem Angebot für der Ausschreibung des

Baugebietes 'Nienberge Südwest'. Der Submissionstermin ist in zwei Wochen. Dazu muss ich Ihnen einige interne Informationen geben. Wir <u>müssen</u> diesen Auftrag unbedingt bekommen. Bleiben Sie gleich noch kurz hier."

Herr Wolle gibt seinen Angestellten noch einige Informationen über wichtige Termine und geplante Baumaßnahmen. Das Ganze hat nur eine knappe halbe Stunde gedauert.

„Wenn weiter nichts zu besprechen ist, war's das für heute."

Bis auf Herrn Wimber gehen alle an ihre Arbeit.

„Haben Sie die Ausschreibungsunterlagen der Stadt für das Baugebiete 'Nienberge Südwest' dabei?"

„Ja, hier ist das Leistungsverzeichnis der Stadt mit den geforderten Arbeiten." Herr Wolle guckt sich nur zwei, drei Positionen an.

„Die gesamte Fläche für den Straßenausbau beträgt etwa 16.000 m², davon werden 7.000m² asphaltiert und der Rest als Wohnstraßen gepflastert.

Wichtig sind die Bodenposition", betont er ausdrücklich. „Hier sind 1.700 m³ Bodenaushub, 1050 m³ Oberbodenabtrag und eine Position 150 m³ für Bauschuttbeseitigung angegeben. Ich habe von jemandem aus dem Tiefbauamt vertraulich die Information bekommen, dass diese Menge von 1.700 m³ in dieser Höhe bei den Ausbauarbeiten nicht anfallen wird.

Der Preis für diese Position ist aber für die Gesamtkosten der Angebote aller anderen Firmen ganz entscheidend.

Mein Informant versichert mir, dass nur etwa 1.000 m³ Bodenaushub, 600 m³ Oberbodenabtrag und überhaupt nichts für eine Bauschuttbeseitigung anfallen wird.

Wir können mit einem niedrigen Preis bei dieser Position die Gesamtkosten des Angebotes nach unten drücken, wenn wir den Einzelpreis für diese Bodenposition sehr niedrig ansetzen, ohne Verlust zu machen.

Die Kosten für die Tragschichten, für die Asphaltdecken und für die Pflasterarbeiten sind in allen Angeboten etwa gleich hoch. Da gibt es keinen großen Spielraum nach unten oder nach oben.

Wir setzen bei diesen Positionen Preise im oberen Bereich ein. So kommen wir auf unsere Kosten und haben den notwendigen Gewinn.

Wenn die anderen Firmen, die auch ein Angebot abgeben werden, den normal erforderlichen Preis für die angegebenen 1.700 m³ Bodenaushub einsetzen, werden deren Angebote allein durch die Kosten dieser Boden-Position höher liegen als unser Angebot.

Dann sind wir die günstigsten Anbieter und erhalten den Auftrag.

Ich denke, Sie haben mich verstanden und berücksichtigen das bei der Abgabe unseres Angebotes für diese große Baumaßnahme. Wir machen das ja nicht zum ersten Mal. Sie wissen, die Sache ist streng vertraulich."

Herr Wimber weiß, dass Herr Wolle seine Beziehungen zu einigen Leuten im Tiefbauamt hat:

„Herr Wolle, ich weiß Bescheid. Sie können sich auf mich verlassen. Das bastel ich schon passend zurecht."

Er nimmt seine Unterlagen und geht in sein Arbeitszimmer. Natürlich spricht er mit niemandem über diese Angelegenheit.

Herbert Wolle hat selten nachmittags Feierabend.

Sein feudales Zuhause kann er meistens erst spät abends und am Wochenende genießen.

Seine Frau Hannelore lebt ähnlich wie er ihr eigenes Leben. Sie haben am Stadtrand von Münster in der besten Wohngegend an der Mondstraße vor ein paar Jahren ein neues Haus gebaut. Allein schon das Grundstück wäre für Normalbürger kaum erschwinglich. Es liegt etwas abseits der Mondstraße an einem kleinen Wäldchen. Das ganze Grundstück ist von einer zwei Meter hohen weißen Mauer umgeben. Nur durch Beziehungen bei der Stadtverwaltung ist dieses Grundstück zur Bebauung freigegeben worden.

Das moderne, riesige, weiß-gestrichene Wohnhaus ist eingeschossig mit einem flachgeneigten Satteldach und schwarzen Dachpfannen aus Schiefer. Die einzelnen Hausbereiche sind in mehreren miteinander verbundenen Gebäudeflügeln verteilt und umschließen den Garten mit einem großen Swimmingpool in der Mitte.

Im mittleren Hauptgebäude ist der Wohnbereich mit den breiten, gläsernen Terrassentüren zum Pool und dem Liegebereich zum Teil als Wiese, zum Teil mit Platten befestigt. Zum Wohnbereich gehören die Küche, die Bäder und einige Nebenräume.

In den Seitenflügeln sind die Schlafräume mit besonderen Ankleidezimmern, mehrere Bäder, drei Gästezimmer und weitere Nebenräume. Hier benutzen Herbert und Hannelore jeweils ihr eigenes Arbeitszimmer.

Im Keller haben sich die beiden Wolle ein Schwimmbecken für den Winter einbauen lassen, dazu eine Sauna und Umkleideräume.

Wie das Firmengelände ist auch das private Grundstück mit dem Haus, dem Garten und dem Pool Videoüberwacht. Der gleiche Sicherheitsdienst, der das Firmengelände bewacht, ist auch für das Privatgelände eingesetzt.

An diesem Montag hat das Planungsamt der Stadt für nachmittags um 16.00 Uhr eine Besprechung mit Bürgern und Fachleuten angesetzt. Es geht dabei um die Nutzung frei werdender Flächen im Bereich eines Baugebietes. Sein Rat als Fachmann ist gefragt. Außerdem will er bei derartigen Vorplanungen beteiligt sein und Einfluss nehmen.

Mit einigen der Teilnehmer aus der Politik geht er anschließend in eine seiner Lieblingsgaststätten an Münsters Aasee zum Abendessen. Bei solchen Treffen pflegt er die wichtigen Kontakte.

Wie so oft bleibt es heute nicht nur bei dem Essen. Der harte Kern der Männerrunde geht mehr und mehr von der festen Nahrung in die flüssige Nahrung über. Das Bier schmeckt aber auch ausgezeichnet.

Hebert Wolle will wie immer in einer Männerrunde einen seiner Männerwitze los werden: „Was waren Evas erste Worte im Paradies? – „Ich habe nichts anzuziehen."

Zum Teil sind seine Witze ziemlich blöd und fast frauenverachtend: „Was zeigt man einer Frau, die zwei Jahre unfallfrei gefahren ist? – Den zweiten Gang!"

Die ziemlich angesäuselten Männer lachen sich kaputt. Es ist typisch für diese Art Männer. Sie leben in ihrer kleinkarierten Männerwelt. Frauen sind entweder schmückendes Beiwerk und gut fürs Bett oder Hausfrau und Mutter ihrer Kinder. Das schlimme dabei ist, dass viele Frauen das so in Ordnung finden und diese Männer auch noch bewundern oder sehr oft diese Einstellung der Männer geschickt ausnutzen.

Gegen 10.00 Uhr abends wollen die meisten nach Hause. Autofahren kann keiner mehr. Aber wofür gibt es Taxis?

Am nächsten Morgen kommt Herbert Wolles Sohn Reiner gegen 10.00 Uhr in das Chef-Büro.

„Vater, kann ich kurz was mit dir besprechen? Es geht um meinen Urlaub und um unser Ferienhaus in Spanien."

„Leg' los, was gibt's?"

„Ich habe mir überlegt, dass ich mit Sarah im Mai für drei Wochen in unser Ferienhaus nach Calpe fahre. Sarah hat da am besten Zeit und hier bei uns passt das auch ganz gut. In den Sommerferien haben wir doch immer die meiste Arbeit, weil in den Ferien so viele Straßenbaustellen zu Reparatur von Winterschäden in Betrieb sind."

Sarah ist Reiners derzeitige „Feste Freundin".

„Hast du das mit den anderen Ingenieuren besprochen?"

„Ja, die wollen ihren Jahresurlaub möglichst alle gleichzeitig in den Sommerferien nehmen. Das geht natürlich nicht. Aber wenn ich in den großen Ferien hier bin, können die anderen abwechselnd ihren Urlaub in den Ferien nehmen."

„Dann stimme das mit den anderen genau ab und gib mir den gesamten Urlaubsplan. Von wann bis wann willst du mit Sarah los?"

„Wir haben vor, am 15. Mai von Düsseldorf nach Alicante zu fliegen. Wie immer werden wir von Alicante mit dem Taxi nach Calpe fahren. Nach drei Wochen kommen wir dann zurück."

„Ja, wenn alles hier im Betrieb passt, habe ich nichts dagegen. Es ist ja auch nur gut, wenn du in unserem Ferienhaus wieder nach dem Rechten siehst und kontrollierst, ob der Verwalter in Calpe sein Geld wert ist."

„Ja prima. Dann machen wir das so. Ich sage Sarah dann, dass sie ihren Urlaubsantrag einreichen kann. In Calpe werde ich zuerst dafür sorgen, dass unser VW-Golf dort in der Garage in Ordnung ist. Der hat ja nun auch lange gestanden und muss bewegt werden."

Reiner Wolle will gerade zufrieden gehen und ist schon an der Tür, als sein Vater ihn zurück hält:

„Da fällt mir noch etwas ein. Seit einiger Zeit beschäftige ich mich mit dem Gedanken, jetzt zwei Jahre nach der Wende in den neuen Bundesländern eine Zweigniederlassung einzurichten.

Für den 'Aufbau Ost' werden ja jetzt von der Politik immer mehr Großaufträge an Firmen im Osten vergeben.

Der Nachholbedarf im Straßen- und Wohnungsbau dort ist riesengroß.

Mit einer Zweigniederlassung können wir ein Stück von dem Kuchen mitbekommen. Wir sollten auf jeden Fall dabei sein. Ich habe schon mal überlegt, in welcher Stadt wir eine Niederlassung einrichten könnten. Ich denke da an Leipzig, Weimar oder Halle."

Reiner ist sofort begeistert: „Ich werde in den nächsten Tagen im Internet und in Fachzeitschriften checken, welcher Standort für uns am geeignetsten ist. Allerdings glaube ich, dass Leipzig als Großstadt nicht so in Frage kommt. Da wird es schon genug Firmen geben. Aber wie gesagt, ich prüfe das."

Herbert Wolle ist zufrieden: „Du machst das schon. Sag' mir bitte in den nächsten Tagen Bescheid. Wir müssen das dann vor Ort prüfen. Ich denke, du kannst eine solche Zweigstelle leiten. Überlege dir das in Ruhe, aber nicht zu lange. Wir wollen möglichst bald dort dabei sein."

Kapitel 2

Im Tiefbauamt im neuen technische Stadthaus sitzt in der 4. Etage Walter Kirchhoff in seinem Büro vor seinem PC. Es ist für ihn und alle Bediensteten im Tiefbauamt tägliche Routine, die internen Mails und Termine zu lesen und zu bearbeiten.

Er kommt immer möglichst früh ins Büro, damit er dem Rummel morgens zu Hause entfliehen kann.

Walter Kirchhoff und seine Frau Erika wohnen in einem geräumigen Einfamilienhaus, Baujahr 1969, in Münster-Roxel. Sie benötigen viel Platz für sich und ihre vier Kinder.

Die älteste Tochter, Claudia, ist 15 Jahre alt, dann kommt Markus, 13 Jahre alt, dann ihre Töchter Carola, 11 Jahre alt und Charlotte, 8 Jahre alt.

Erika und Walter haben vor 17 Jahren geheiratet. Da haben sie noch nicht damit gerechnet, dass einmal eine so große Familie daraus würde.

Inzwischen ist Walter 41 Jahre alt und Erika 39.

Der Anfang war für beide nicht leicht. Sie haben sich schon früh kennengelernt und sind zusammen in eine kleine 2-Zimmer Wohnung gezogen, als Walter noch studierte.

Walter ist und war nicht der Typ, der Erika erobert hat. Er ist von seiner ganzen Art her und aufgrund seiner Größe von etwa 1,70 m eher unscheinbar. Mit Sicherheit ist er kein Frauentyp. Die treibende Kraft für ein gemeinsames Leben war Erika. Sie wollte unbedingt heiraten und eine normale

Familie haben. Walter ließ es geschehen. Er hatte nichts dagegen.

Aber wie so oft bei Männern, die nicht gerade Gardemaß haben, ist er in seinem Beruf als Bauingenieur extrem ehrgeizig. Er nutzt alle möglichen Beziehungen in der Bauwirtschaft und in der Politik, um sich zur Geltung zu bringen und Karriere zu machen.

So wurde er Bauingenieur und ist direkt nach dem Studium beim Tiefbauamt der Stadt Münster eingestellt worden. Daneben ist er gleich in der Personalvertretung und in der Politik tätig geworden.

Erika hat als einfache Bürokraft das notwendige Geld verdient aber auf eine Karriere verzichtet, damit Walter studieren konnte.

Sie kommt aus einer einfachen Familie. Sie stellt keine großen Ansprüche an ihre Kleidung und ihr Aussehen. Sie pflegt sich und ist sauber. Aber darüber hinaus kennt sie kein Make-up, kein Entfernen der Körperhaare nicht einmal an den Beinen und unter den Achseln und kein Lackieren der Finger- oder Fußnägel. Ihre Frisur ist die Einheitsfrisur des günstigsten Frisörs in der Nähe.

Selbst zu feierlichen Anlässen und Festen bleibt sie bieder und einfach ohne Modeschmuck, Ohrstecker oder passende Armreifen.

Sie ist die typische saubere Kernseifenfrau mit weißer Bluse und knielangem Rock oder schlichter, dunkler Hose mit zeitlosem Schnitt.

„Nur nicht modisch zu sehr auffallen. Das machen nur die Modepüppchen."

Es genügt ihr, die Frau eines erfolgreichen Mannes zu sein, den Haushalt zu führen und Kinder zu versorgen. Sie ist genau <u>die</u> Frau, die sich über ihren Mann und seine Karriere identifiziert.

Grundsätzlich ist Walter mit seinem Leben nicht unzufrieden. Er ist jetzt Oberbauleiter und im Beruf voll ausgelastet.

Das gesamte Familienleben, vor allem den Haushalt mit Haus und Garten, hat seine Frau Erika fest im Griff. Da darf er ihr nicht einmal reinreden. Selten kommt es vor, dass er sich um schulische Dinge seiner Kinder kümmern muss.

Walter ist Mitglied im Vorstand des Sportvereins. Er ist politisch aktiv und hat im Ortsverein der Partei den Vorsitz.

So hat er nach Feierabend neben dienstlichen Besprechungen noch sehr viele andere Verpflichtungen und Termine.

Das ist ihm ganz recht. So hat er nicht ständig Kontakt mit den Problemen der Kinder und mit Erika. Die Art und Weise, wie seine Frau die Mutterrolle versteht und lebt, gefällt ihm nicht. Sie meint, sie weiß in allen Bereichen der Erziehung, bei Fragen der Schule, bei Krankheiten und überhaupt bei fast allen Lebensfragen besser Bescheid als er. Das nervt ihn. Er will aber nicht ständig Streit und nimmt dafür lieber viele andere Aufgaben außerhalb der Familie wahr.

Von seinen eigenen Aktivitäten im Beruf und den Ehrenämtern spricht er mit Erika gar nicht. Sie hat zu allem eine Meinung und gibt ihren Kommentar. Doch meistens versteht sie ihn oder die Probleme überhaupt nicht. Das Schlimmste ist, dass sie die internen Dinge dann auch da erzählt und kommentiert, wo es für Walter unangenehm oder sogar schädlich ist. Sie merkt es nicht.

Wenn Walter mit gemeinsamen Bekannten irgendetwas bespricht, ist es schon fast zu seiner Gewohnheit geworden zu sagen: „Erzähl' aber Erika nichts davon. Du weißt ja, sie erzählt es überall herum."

Auf dem Weg zu seinem Büro kam ihm morgens im Auto so der Gedanke: „Jetzt bin ich Oberbauleiter. Das ist schon etwas. Eigentlich soll das noch nicht das Ende meiner Karriereleiter sein. Bei meinen Beziehungen und meinen beruflichen Erfahrungen sitzt vielleicht mehr drin. In der nächsten Zeit will ich mal die Stellenausschreibungen in den überregionalen Zeitungen und im Internet verfolgen.

Vielleicht finde ich ja ein Stellenangebot einer Stadt, die jemanden mit Erfahrung in einer noch besseren Position sucht. Nach der Wende von 1990 werden doch qualifizierte Leute in den neuen Bundesländern gesucht. Auch das wäre eine Option."

Mit den Baufirmen aus Münster und der näheren Umgebung hat er ständig Kontakt. Er versucht, kleinere Aufträge, die nicht besonders ausgeschrieben werden müssen, gerade für die kleineren Firmen so zu verteilen, dass diese immer ausreichend zu tun haben. Bei akuten Schäden an den Straßen ist die Stadt auf solche Firmen angewiesen.

Als Oberbauleiter hat er Einfluss auf diese gängige Praxis der Stadt.

Bei großen Bauvorhaben, wie jetzt der Ausbau der Straßen im neuen Baugebiet 'Nienberge Südwest' ist es vorgeschrieben, dass das Tiefbauamt eine öffentliche Ausschreibung erstellt, um eine Firma zu finden, die die Arbeiten am günstigsten durchführen kann.

Der Leiter der Straßenbauabteilung Manfred Brause ruft seinen Mitarbeiter, den Bauingenieur Reinhold Bauer zu sich in sein Büro:

„Ich habe hier die Pläne für das Baugebiet 'Nienberge Südwest'."

Er gibt Herrn Bauer die Bauakte mit den Ausbauplänen:

„Ich bitte Sie, das Leistungsverzeichnis für die Ausschreibung zu erstellen. Wie lange brauchen Sie etwa?"

„Ich gehe davon aus, dass ich die Ausschreibungsunterlagen in 2 bis 3 Wochen fertig habe."

„Das ist gut. Sie wissen ja, dass Herr Kirchhoff, der Oberbauleiter, das Leistungsverzeichnis vorab zur Kenntnis bekommt. Er muss ja schließlich die Bauarbeiten durchführen und verantworten."

„Ja, das ist klar. Ich berechne die erforderlichen Leistungen und stimme das mit Herrn Kirchhoff ab."

Nach etwa zwei Wochen hat Herr Bauer die Massen ermittelt und das Leistungsverzeichnis fertig. Er nimmt die Akte und geht zu seinem Kollegen Kirchhoff:

„Hallo Walter. Wie sieht's aus? Alles im grünen Bereich?"

„Ich bin zufrieden."

„Und wie geht es dir? Hast du wieder eine Ausschreibung für mich zur Durchsicht?"

„Ja, hier ist die Bauakte mit dem Leistungsverzeichnis für die Ausschreibung des Baugebietes ‚Nienberge Südwest'. Du sollst dir die Positionen vor der Veröffentlichung anschauen. Wenn dir noch irgendetwas einfällt, kannst du es mir ja sagen. Die genauen Massenermittlungen sind dabei."

Bei dieser Baumaßnahme möchte Walter Kirchhoff unbedingt mit der Firma Wolle arbeiten und will, dass die Firma Wolle den Auftrag bekommt.

Er geht nach zwei Tagen zu Herrn Bauer:

„Hallo Reinhold, ich habe das Leistungsverzeichnis durchgesehen. Ich kenne die örtlichen Flächen in dem Baugebiet sehr gut. Die Bodenposition hast du meines Erachtens mit 1.000 m³ Bodenaushub zu niedrig angesetzt. Ich habe berechnet, dass in dem Gebiet mindestens 1.700 m³ Bodenaushub und statt 600 m³ Oberbodenaushub 1050 m³ erforderlich sind. Du kannst es ja noch einmal durchrechnen und auf 1.700 m³ und 1050 m³ erhöhen. Besser ist das. Außerdem solltest du eine Position von 150 m³ Bauschuttentfernen angeben. Soviel ich weiß, liegt im Bereich des ehemaligen Sportplatzes noch Bauschutt."

Reinhold Bauer weiß, dass seine Massenermittlung stimmt. Er ist aber erfahren genug um die Absicht seines Kollegen Walter Kirchhoff zu durchschauen und sagt mit einem leicht verschmitzten Lächeln:

„Du alter Stratege. Wenn du meinst, Walter, dass 1.700 m³ erforderlich sind, korrigiere ich das im Leistungsverzeichnis. Schließlich musst du ja die Bauarbeiten leiten und abrechnen und zwar mit der Firma, die das günstigste Angebot abgibt und den Auftrag bekommt."

Reinhold Bauer denkt:

„Warum soll ich mich mit Walter streiten? Er will nun mal mit einer bestimmten Firma diese Bauarbeiten durchführen. Die bekommt von Walter den Tipp zu der Bodenposition, damit das klappt. Es entsteht der Stadt ja kein besonderer Schaden. Walter bevorzugt hierfür diese eine Firma. Wahrscheinlich bekommt er von der Firma eine persönliche Gegenleistung.

Wenn das rauskäme, ist das Bestechung. Der Beweis wäre aber schwierig. Und er, Reinhold Bauer, geht bestimmt nicht gegen seinen Kollegen vor."

Walter kann das ohnehin nicht ständig mit der gleichen Firma durchziehen. Das würde bald auffallen vor allem bei den anderen Firmen, die auch regelmäßig bei öffentlichen Ausschreibungen ein Angebot abgeben."

Bei der Submission, die einige Tage später erfolgt, hat die Firma Wolle wie geplant für diese lukrative Baumaßnahme das preisgünstigste Angebot und bekommt den Auftrag.

Als Walter Kirchhoff von dem Submissionsergebnis erfährt, ist er zufrieden. Jetzt hat er bei der Firma Herbert Wolle noch was gut.

Von seinem Büro in der vierten Etage aus guckt Walter Kirchhoff auf die breit ausgebaute Straße "Albersloher Weg". An dem Ausbau dieser Straße war er als Bauführer maßgeblich beteiligt. Jeden Tag sieht er diese breite Hauptstraße. Jede ausgebaute Geh- und Radwegfläche, jeden Baum und jede Straßenleuchte kennt er.

Heute will er pünktlich um 16.30 Uhr nach Hause fahren. Seine Frau Erika wollte nachmittags den Rasen mähen. Er kann dann den Rasenschnitt sofort zum Recyclinghof der Stadt bringen, der immer dienstags geöffnet hat.

Als er nachmittags im dichten Berufsverkehr nach Hause unterwegs ist, denkt er an die Ferienzeit.

Wie in jedem Jahr wollen sie mit der ganzen Familie im Wohnmobil nach Südfrankreich fahren. Das machen sie schon jahrelang. Auf einem ganz bestimmten Campingplatz bei Narbonne, direkt am Mittelmeer treffen sie immer die gleichen Bekannten aus der Schweiz, aus Frankreich und Deutschland.

Vor einigen Jahren hat er ein geräumiges Wohnmobil gekauft. Noch fahren Erika und er gemeinsam mit allen vier Kindern in den Sommerferien für vier Wochen dorthin. Ihm ist klar, dass die ältesten beiden, Claudia und Markus bald nicht mehr mit den Eltern fahren wollen.

Da fällt ihm ein: Vor der Reise muss das Wohnmobil noch in die Inspektion. Darum kümmert er sich.

Für alles andere, die Bettwäsche und die Verpflegung im Urlaub ist Erika zuständig.

Zu Hause bespricht er das mit Erika:

„Ich muss in den nächsten Tagen unbedingt unser Wohnmobil zur Inspektion geben. Wir wollen doch sofort zu Beginn der großen Ferien im Juli starten. Dann muss alles fertig sein."

Für Erika ist das klar: „Pünktlich zum Start im Juli habe ich alles für die Reise zusammen. Da mach' dir keine Sorgen. Das klappt wie immer."

In diesen praktischen Sachen kann sich Walter auf Erika verlassen. Sie will eine gute Mutter und Hausfrau sein. Er spürt aber immer mehr, dass sie ihre Aufgaben nur darin sieht. Sie kann ihm nicht das Gefühl geben, seine Frau und Partnerin zu sein.

Daran ist er selbst aber auch nicht ganz schuldlos. Weil sie ständig versucht, alles besser zu wissen und zu allem ihren Kommentar abgibt, geht sie ihm auf den Geist. Er ist froh, wenn er in seiner Welt ungestört leben kann. Erika merkt das nicht. Sie bewundert ihn und ist zufrieden, dass Walter es im Beruf schon so weit gebracht hat.

Im Urlaub auf dem Campingplatz verdrängt Walter dieses Gefühl. Hier in Südfrankreich haben seine Kinder, seine Frau und er viele Freunde und Bekannte, die jedes Jahr wieder kommen.

Tagsüber sind alle beschäftigt. Mittags und abends grillen sie die verschiedensten Gerichte.

Alle können hier schwimmen, toben, spielen und surfen. An jedem Abend ist irgendwas los.

Das ist ja der Grund dafür, dass sie in jedem Jahr wieder hierhin fahren.

Die Vorbereitungen für den Urlaub in Südfrankreich mit dem Wohnmobil und der ganzen Familie sind damit geregelt.

Walter fährt den Gartenabfall zur Kippe. Heute Abend bleibt er ausnahmsweise zu Hause. Besondere Termine hat er heute nicht mehr. So kann er nach dem Abendessen in Ruhe im Fernsehen ein Fußballspiel gucken. Das ist für ihn Entspannung pur.

Seit einigen Jahren sind Walter und Erika in einem Kegelclub. Ausschließlich Paare sind hier Mitglieder. Vom Tiefbauamt sind Reinhold Bauer mit seiner Frau Elke und ein Kollege aus der Planungsabteilung Winfried mit seiner Frau Sandra schon lange dabei.

Margret und Ernst leiten eine Firma, die Fenster und Türen herstellt und einbaut und Susanne und Ernst sind Inhaber einer Heizungsfirma. Mit Reiner Wolle und seiner Freundin Sarah sind sie insgesamt sechs Paare.

Diese sechs Paare passen eigentlich ganz gut zusammen. Allerdings merkt Erika ab und zu, dass die anderen fünf Frauen selbstbewusster sind und den Männern offener und frecher begegnen. Im Kegelclub sind alle zwischen 40 und 50 Jahre alt. Erika sieht, dass die anderen Frauen von der

Kleidung und vom gesamten Aussehen her besser aussehen. Die geben für sich selbst mehr Geld aus als Erika.

Insgesamt haben sich alle zwölf aneinander gewöhnt und genießen die Abende im Kegelclub. Sie sind locker und haben viel Spaß miteinander.

Alle zwei Wochen treffen sie sich abends um 19.00 Uhr in der Gaststätte Tannenhof zum Kegeln.

Natürlich kommen sie gerne zum Kegeln. Das ist auch die Hauptsache. Vor allem die Männer sehen neben dem Kegelspaß auch den Vorteil des regelmäßigen Kontaktes zwischen den Stadtangestellten und den Firmen.

Im Laufe des Abends bestellen sich einige etwas zu essen. Am beliebtesten ist "Krüstchen". Das ist ein typisch westfälisches Gericht. Eine große Toastscheibe mit einem kleinen Schnitzel darauf, mit einem Spiegelei und Bratkartoffeln, dazu ein paar Blätter Salat.

Diese kleine Mahlzeit am Abend bekommt den meisten. Es ist nicht so viel und liegt nicht so schwer im Magen.

Je länger der Abend dauert umso besser ist es, eine Kleinigkeit zu essen. In dieser Gesellschaft schmeckt das Bier besonders gut. Kegeln macht durstig. Alle haben inzwischen eine super Stimmung.

Einige Frauen haben sich so intensiv was zu erzählen, dass sie oft vergessen, dass sie bei den Kegelspielen an der Reihe sind. Das kostet eine Extragebühr für die Kegelkasse.

Reiner, der neben Walter sitzt, dreht sich plötzlich zu ihm und verkündet schon leicht benebelt:

„Ich weiß immer, wann ich dran bin. Immer _vor_ dir."

Walter muss laut lachen. Diese weise Logik kann man nur nach dem entsprechenden Bierkonsum verstehen.

Ernst, der Heizungsfachmann, führt die Kegelkasse.

Am Ende des Kegelabends kommt die Bedienung in die Kegelrunde und kassiert bei jedem Paar die Kosten für Getränke und das Essen.

Ernst geht danach regelmäßig zum Wirt, bezahlt die Kegelbahnmiete und lässt sich eine Quittung ausstellen. Diese besonders veränderte Quittung ist aber nicht für die Kegelbahnmiete sondern für den gesamten Verzehr dieses Abends, nicht nur für seinen eigenen. Der Wirt kennt so etwas wohl schon und stellt die Quittung wunschgemäß aus.

Diese Kosten setzt Ernst als Geschäftsunkosten bei den Werbungskosten ab. Offensichtlich klappt das bei der Betriebsabrechnung beim Finanzamt.

Kapitel 3

Nachmittags im Tiefbauamt. Walter ist unruhig. Draußen vor seiner Bürotür stehen Kolleginnen und Kollegen und reden laut mit abwechselnd schallendem Gelächter.

Er hat seine notwendigen täglichen Arbeiten am PC fast erledigt. Dafür braucht er Konzentration.

„Geht es auch ein bisschen leiser?" fragt er während er die Tür öffnet.

Die kleine Gruppe murmelt etwas von einer Entschuldigung und zieht weiter.

Walter schließt die Tür und setzt sich wieder an seinen Computer. Er hat eine Internetseite mit Stellenangeboten für Diplomingenieure im Bauwesen aufgeschlagen.

Das Angebot ist sehr umfangreich. Die meisten Stellen sind aber aus der Bauindustrie. Das kommt ja für ihn nicht in Frage. Er sucht ja eine Stelle im öffentlichen Dienst.

Dann stößt er auf ein interessantes Angebot der Stadt Halle an der Saale. Die suchen einen erfahrenen Abteilungsleiter im Tiefbauamt für den Straßenbau. Die Stelle ist so gut bewertet, dass er dort gleich zwei Stufen besser bezahlt würde.

Diese Seite druckt er sich aus und setzt ein Lesezeichen ein.

Die Stelle soll erst zum 01. Oktober besetzt werden. Das passt ihm gut. So kann er mit seiner Familie in den Sommerferien den Urlaub am Mittelmeer genießen und sich dann für die neue Stelle in Halle an der Saale bewerben. Bewerbungen werden ab sofort angenommen.

Den ganzen Abend beschäftigt ihn die Stelle in Halle. Für ihn ist das die Chance, auf die er immer gewartet hat.

Natürlich ist ihm klar, dass er sein Haus in Münster verlassen muss. Seine ganze Familie muss mit ihm nach Halle umziehen. Dort wird er sich eine neue Bleibe suchen, natürlich ein passend großes Einfamilienhaus. Erika wird das wohl mitmachen. Sie wollte ja immer einen Karriere-Mann.

Probleme kann es mit den Kindern geben. Die müssen nicht nur die Schulen wechseln, sie verlieren ihre Freunde in Münster und müssen sich in Halle neu zu Recht finden.

Aber darauf will und kann er keine Rücksicht nehmen. Das ist eben so und sie müssen sich fügen.

Aber erst einmal muss er die Stelle bekommen.

Er will noch vor dem Urlaub möglichst schnell die Bewerbung abgeben. Die Vorstellungsgespräche werden ohnehin erst nach den Sommerferien in Halle stattfinden.

Am nächsten Tag im Büro bereitet er die Bewerbungsunterlagen vor. Erika hat er noch nichts davon erzählt. Sie würde wahrscheinlich sofort überall erzählen: „Mein Mann wird Abteilungsleiter in Halle an der Saale", obwohl das ja noch gar nicht sicher ist.

Nach ein paar Tagen hat er die Unterlagen fertig und schickt seine Bewerbung zum Personalamt nach Halle.

Einige Tage später bekommt er einen Brief. Seine Bewerbung ist angenommen worden und wird geprüft. Nach den Sommerferien werden die Vorstellungsgespräche stattfinden. Dazu wird er im August nach den Ferien besonders eingeladen.

Walter ist in den nächsten Tagen richtig gut gelaunt. Vielleicht klappt das mit Halle. Er ist ganz zuversichtlich.

Jetzt kann er sich aber erst einmal um den Urlaub mit seiner Familie am Mittelmeer kümmern.

Da bekommt er abends von Herbert Wolle einen Anruf: „Hallo Walter. Hast du deinen Urlaub schon geplant?"

„Ja, wir wollen alle zusammen mit dem Wohnmobil wieder nach Südfrankreich fahren wie in jedem Jahr."

„Du hast ja noch was gut bei mir. Denk mal an den letzten großen Auftrag. Wie wäre es, wenn deine ganze Familie, ihr alle zusammen, drei Wochen in meinem Ferienhaus in Spanien, in Calpe verbringt? Das liegt in der Nähe von Denia, direkt am Meer.

Wenn ihr wollt, könnt ihr mit eurem Wohnmobil dorthin fahren. In der Garage in Calpe steht ein VW-Golf. Den könnt ihr in Spanien drei Wochen lang benutzen. Das tut dem Wagen gut, wenn er nicht nur in der Garage steht. Das Ganze soll euch keinen Pfennig kosten. Ihr habt nur eure Verpflegung und die Benzinkosten für das Wohnmobil."

„Hui", pustet Walter heraus, „das ist eine Überraschung.

Der Vorschlag ist super. Ich alleine würde sofort zusagen. Aber ich will das mit Erika und den Kindern besprechen."

„Meinst du nicht, dass Erika und deine Kinder sofort begeistert sind?"

„Ich denke schon. Aber das kommt ja so überraschend. Ich rufe dich morgen früh vom Büro aus an. Kann ich dich so gegen 10.00 Uhr erreichen?"

„Ja, ich bin dann in der Firma."

Heute fährt er extra pünktlich um 16.30 Uhr nach Hause. Erika ist überrascht: „ Gibt es etwas Besonderes, dass du so pünktlich nach Hause kommst?"

„Ja, ich habe eine Neuigkeit, eine große Überraschung für uns."

„Nun mach's mal nicht so spannend. Was ist los?"

„Heute hat mich Herbert Wolle von der Firma Wolle angerufen. Er hat uns ein tolles Angebot unterbreitet. Wir können alle zusammen für drei Wochen kostenlos in seinem Ferienhaus in Spanien Urlaub machen. Seinen Golf dort können wir kostenlos benutzen."

Erika atmet erst einmal kräftig durch: „ Das kommt ja wirklich sehr überraschend."

Sie ist schweigend dabei, ihre Gedanken neu zu ordnen:

„Haben wir denn alle Platz in dem Haus?"

Walter versichert:

„So wie mir sein Sohn Reiner mal erzählt hat, ist das Haus sehr geräumig. Es hat zwei Schlafzimmer, eins mit zwei und eins mit drei Betten. In dem großen gemütlichen Wohnraum steht dazu noch eine Schlafcouch. Das Haus ist im spanischen Stil gebaut mit zwei Bädern und einer kleinen Küche. Der Hauptteil ist ein weißer Rundbau mit einem braun-roten Ziegeldach. Das ist das Wohnzimmer mit einer richtig spanischen eleganten Einrichtung."

„Woher weißt du das so genau?"

„Herbert Wolle hat mir mal vor einiger Zeit ganz stolz Fotos seines Ferienhauses in Calpe gezeigt. Das ist schon eine herrliche Anlage teilweise unter Pinien und mit einer Sitzecke im Schatten. Eine Art Pergola, so weiße gemauerte Rundbögen trennen den Wohnzimmereingang von der riesigen Terrasse.

Der Swimmingpool ist von den Liegeflächen und von der unter den Pool führenden Garagenzufahrt durch weiße, gemauerte Brüstungen abgetrennt. Diese weißgetünchten Mauern sind aber nicht geschlossen sondern aus typisch spanischen offenen Formsteinen hergestellt."

„Das hört sich ja super an. Du kommst wohl richtig ins Schwärmen? Das ist natürlich etwas für uns. Liegt es direkt am Strand?"

„Nein, die gesamte Ferienhaus-Siedlung besteht aus einzelnen freistehenden Häusern. Sie liegt im Grünen etwas oberhalb des Strandes. Man kann über einen Weg zu Fuß zum Strand gehen, etwa 5 Minuten, oder mit dem Auto über die Straße, auch etwa 5 Minuten."

„Sollen wir dann unseren Camping-Urlaub ganz abblasen?"

„Ich habe mir das so gedacht: Wir fahren gleich zum Ferienbeginn alle zusammen mit dem Wohnmobil los wie wir es immer gemacht haben.

Genau wie sonst auch legen wir in der Nähe von Mühlhausen an der französischen Grenze auf dem Campingplatz die übliche Pause ein und schlafen dort im Wohnwagen.

Am nächsten Tag fahren wir an der Loire entlang durch die herrliche Landschaft vorbei an den schönen hellen Felsen zwischen Lyon und Nimes nach Süden bis zu unserem Campingplatz bei Narbonne.

Dort treffen wir mit Sicherheit unsere Freunde. Wir übernachten aber nur eine Nacht und fahren am dritten Tag durch Spanien, auf der Autobahn vorbei an Barcelona bis zum Ferienhaus nach Calpe."

Erika ist skeptisch: „Die Fahrt bis nach Narbonne mit der Zwischenübernachtung kennen wir ja. Ist denn die Strecke von Narbonne bis hinter Valencia nicht zu weit?"

„Ach, ich glaube das ist wohl zu schaffen. Ich habe mal so überschlagen, das sind etwa 700 km reine Autobahnfahrt. Wir fahren beide und können uns abwechseln. Ich glaube, das geht."

Erika hat Bedenken: „Hoffentlich machen die Kinder das mit!"

„Wenn es zu viel wird, können wir hinter Barcelona in der Nähe des Bade- und Ferienortes Calafell direkt am Meer eine Pause einlegen und kommen dann eben einen Tag später in Calpe an. Wir haben dann ja immer noch fast drei Wochen Zeit und können uns ausruhen und erholen."

Erika scheint das Unternehmen langsam zu gefallen:

„Der Vorteil ist ja auch, dass wir unser Wohnmobil am Ferienhaus in Calpe stehen lassen können und die Umgebung mit dem VW-Golf erkunden können."

Walter war von Anfang an dafür, im Urlaub nicht nur immer den gleichen Campingplatz in Narbonne zu sehen.

„Solch eine Gelegenheit, im mietfreien Ferienhaus mit Pool drei Wochen Ferien zu machen, kriegen wir nicht so oft", sagt er zu Erika, „Außerdem sehen wir mal ganz was anderes. Diese Berggegend nördlich von Alicante soll ja sehr romantisch sein."

„Jetzt müssen wir mal sehen, wie unsere Vier auf den Vorschlag reagieren", sind sich beide einig.

„ Ich finde das geil, wenn wir nach Spanien in ein Ferienhaus fahren", kommt Markus ins Wohnzimmer gestürzt. „Ich habe gehört, was ihr besprochen habt."

„Warst du denn die ganze Zeit hier?"

„Ich war doch in meinem Zimmer und habe alles mitbekommen. Das ist doch mal was anderes als immer nur drei Wochen Campingplatz."

„Mal sehen, ob das deine Geschwister genau so sehen."

Kurz darauf kommen Carola und Charlotte vom Sport.

„Wir fahren in diesem Jahr in den Ferien nach Spanien in ein Ferienhaus", posaunt Markus den beiden entgegen.

„Stimmt das?" fragt Carola ihre Mutter.

„Ja, Vater hat von der Firma Wolle ein Angebot für den Sommer bekommen. Wir können alle zusammen drei Wochen kostenlos in seinem Ferienhaus in Spanien wohnen."

„Liegt das denn direkt am Meer?" will Charlotte wissen.

„Ja, wir müssen nur fünf Minuten gehen. Aber das ist ja genauso wie an unserem Campingplatz in Frankreich.

„Wo in Spanien ist dieses Ferienhaus?" fragt Carola.

„Das liegt in einer Ferienhaus-Anlage in Calpe. Das ist ein ganz bekannter Ferienort, sehr schön und beliebt, " antwortet Walter.

„Hoffentlich sind da viele Kinder und Jugendliche", gibt Markus zu bedenken.

„Da kannst du wohl von ausgehen. Calpe ist so bekannt. Da machen schon viele Jahre lang jede Menge Deutsche mit Familien Urlaub."

Um sechs Uhr zum Abendessen kommt Claudia nach Hause: „Was ist denn hier los? Ihr seid ja alle so aufgedreht."

Charlotte legt als erste los: „Wir fahren in diesem Jahr in den Ferien nach Spanien in ein Ferienhaus."

Claudia guckt ungläubig: „Stimmt das?"

„Ja", sagt Erika, „Vater hat ein Angebot bekommen, mit der ganzen Familie kostenlos drei Wochen in einem Ferienhaus in Calpe Urlaub zu machen."

„Das wollt ihr doch wohl nicht annehmen?"

„Doch, das ist eine einmalige Gelegenheit und eine Abwechslung. Nach Frankreich auf unseren Campingplatz können wir in den nächsten Jahren immer wieder fahren."

„Das finde ich unheimlich blöd. In Frankreich habe ich meine Freunde. Wenn ich irgendwo in Spanien bin, kenne ich überhaupt keinen. Wahrscheinlich ist das so ein verlassenes Nest. weit und breit gibt es da bestimmt keine Disco.

Ich bin stinksauer. Wenn das so ist, bleibe ich am besten hier. Ihr könnt dann ohne mich fahren, " schimpft sie und geht wütend in ihr Zimmer.

Erika will hinter ihr herlaufen.

Aber Walter sagt: „Lass sie mal erst in Ruhe schmollen. Sie ist abgespannt. Wir haben sie damit ja doch ziemlich überfahren. Sie bekriegt sich schon wieder. Sie muss das ja erst einmal verdauen. Ich rede nachher mit ihr."

Beim Abendessen um halb sieben kommt Claudia schweigend zum Essen.

Markus, Carola und Charlotte wollen mehr über die Fahrt nach Spanien wissen:

„Ich habe mir eben im Internet den Ort Calpe angesehen. Der Strand ist super. Vom Strand aus sieht man im Meer einen Felsenberg im Meer. Der hat die Form von dem Felsen von Gibraltar, nur natürlich viel kleiner und ohne Bäume."

„Das ist für Calpe so eine Art Wahrzeichen", sagt Walter, „ daran kann man Fotos von Calpe immer gleich erkennen."

Markus hat noch mehr: „In Calpe gibt es eine lange Strandpromenade mit Bars, Restaurants, Tavernen und Geschäften. Da ist richtig was los."

„Dann gibt es mit Sicherheit dort auch Discos für Jugendliche, „fügt Erika hinzu.

Claudia knurrt vor sich hin: „Toll, was ihr alles wisst. Meine Freunde sind aber nicht da."

„Dann lernst du in Calpe eben neue Freunde kennen." Walter will sie etwas aufmuntern. „Es ist ja auch gar nicht gesagt, dass du auf dem Campingplatz in Narbonne alle deine Freunde gleich zu Beginn der Ferien treffen würdest. Es kommen nicht alle regelmäßig jedes Jahr."

Walter weiß, dass Claudia noch heute Abend versucht, ihre Freunde mit dem Handy zu erreichen. Ihm ist klar, dass sie das alles schnell checken will.

Das soll sie ruhig erst einmal machen. Wahrscheinlich sieht sie schon morgen alles nicht mehr so pessimistisch.

Außerdem hat er nicht vor, weiter mit ihr darüber zu diskutieren. Alle fahren mit, natürlich auch seine Claudia. Sie weiß, dass Vater so denkt.

Im Stillen denkt sie:"Wenn ich erst einmal 18 Jahre alt bin, kann ich machen was ich will. Dann hat er mir gar nichts mehr zu befehlen."

Am nächsten Morgen ruft Walter seine Freund Herbert Wolle an:

„Morgen Herbert. Wir haben dein Angebot mit Calpe zu Hause besprochen. Bis auf Claudia, unsere Älteste, sind alle total begeistert von der Idee. Wir freuen uns schon, in deinem Ferienhaus drei Wochen lang zu wohnen und unsere Ferien dort am Meer zu verbringen."

„Das freut mich. Ich hatte zwar auch damit gerechnet, dass euch diese Fahrt zu weit ist. Aber mit eurem Wohnmobil seid ihr ja flexibel. Ihr könnt euch die lange Fahrt einteilen wie es euch gefällt."

„Wie läuft das denn ab? Gebt ihr mir einen Hausschlüssel?"

„Das ist alles geregelt. Wenn ihr in Calpe an der Ferienhausanlage ankommt, fahrt ihr gleich am Anfang der Straße zu einem großen Gebäude. Dort sind eine Bank und ein Supermarkt.

Direkt daneben ist das Gebäude der Verwaltung. Ihr fragt dort nach Jose. Er ist der Verwalter der Anlage und sorgt das ganze Jahr dafür, dass die Ferienhäuser in Schuss sind. Er gibt euch die Hausschlüssel und bringt euch zu unserem Haus."

Inzwischen ist schon Juni.

Reiner Wolle und seine Freundin Sarah sind aus Spanien zurück. Im Ferienhaus in Calpe ist alles für die Familie Kirchhoff vorbereitet.

Anfang Juli gibt es sechs Wochen lang Sommerferien.

Die Bauaufträge des Tiefbauamtes für die Ausbesserungen und Reparaturen der Straßen in Münster sind vergeben, überwiegend an die ortsansässigen Firmen. In der Regel geben diese Firmen die günstigsten Angebote ab. Sie machen das schon jahrelang und arbeiten mit den Leuten vom Tiefbauamt hervorragend zusammen. Neue Baufirmen von außerhalb haben da wenig Chancen.

Walter hat seinen Urlaub mit den Kollegen so abgestimmt, dass er mit seiner großen Familie und vier schulpflichtigen Kindern sofort zu Beginn der Ferien frei hat. Nach fast vier Wochen wird er zurückkommen. Dann kann sein direkter Vertreter seinen Urlaub nehmen.

Erika hat das Wohnmobil für die Reise bepackt. Alles ist am 04. Juli, dem ersten Ferientag, startklar. Um 11.00 Uhr geht es los Richtung Süden.

Knurrend und immer noch sauer hat auch Claudia ihre Sachen gepackt.

Sie hat sich mit ihrer Situation abgefunden. Eigentlich ist sie inzwischen wie die anderen neugierig auf Spanien, auf Calpe und auf das Ferienhaus.

Aber das will und kann sie jetzt noch nicht den Eltern zeigen. Also sitzt sie erst einmal schweigend im Wohnmobil.

Kapitel 4

Herbert Wolle von der Baufirma Wolle-Hoch-Tief will jetzt im Sommer die Planung für die Einrichtung einer Zweigstelle in Halle an der Saale voran treiben. Immerhin sind jetzt schon vier Jahre nach der Wende von 1990 vergangen.

Die Zeit ist günstig.

Für den „Aufbau Ost" gibt es vom Staat Sondermittel. Von dem Kuchen möchte er mit seiner Firma natürlich auch etwas abbekommen.

Diese Filiale will er zusammen mit seinem Sohn Reiner aufbauen. Reiner soll diese Zweigstelle dann leiten.

Zunächst braucht er ein passendes Büro in Halle. Von dort aus kann er mit Reiner schon mal ein Planungsbüro einrichten und ein passendes Grundstück für sein Firmengelände suchen.

Er und Reiner nehmen sich die einschlägigen Bauzeitschriften, eine Immobilienzeitschrift und die Tageszeitung von Halle vor. Außerdem sucht Reiner gezielt im Internet.

Dort hat Reiner etwas gefunden. Er druckt die Angaben aus und geht zu seinem Vater:

„Vater, ich habe hier mal drei Gebäude mit eventuell passenden Grundstücken gefunden und ausgedruckt. Sie stehen alle drei zum Verkauf. Der Kaufpreis als Verhandlungsbasis ist jeweils angegeben."

Herbert sagt: „Lass mir die Unterlagen hier. Ich guck mir das in Ruhe an.

Am nächsten Tag ruft er Reiner zu sich:

„Ich habe ein Objekt von allen, die wir bisher gefunden haben, das mir vom Preis, von der Lage und der Größe am meisten zusagt. Am besten ist, wenn wir beide nach Halle fahren und uns das vor Ort anschauen. Vielleicht finden wir dort noch andere günstige Objekte."

„Welches ist es denn?" Reiner ist neugierig.

„Hier an der Reideburger Straße in dem Gewerbegebiet nordöstlich vom Hauptbahnhof, in Diemitz. Das sieht doch ganz gut aus."

„Ich will versuchen, über das Internet oder über ein Maklerbüro den Eigentümer dieser Fläche zu ermitteln."

„Erst müssen wir das vor Ort begutachten. Dann können wir über einen Kaufpreis verhandeln. Vielleicht ist es möglich, dass wir eine geeignete Fläche zunächst erst mal pachten. Wenn die Zweigstelle in Halle dann eventuell nicht genug Gewinn bringen sollte, ist es bei einem Pachtvertrag leichter, wieder auszusteigen."

Eine Woche später fahren Herbert und Reiner Wolle nach Halle an der Saale. Sie mieten ein Hotelzimmer im Maritim Hotel.

Von hier aus begutachten sie zusammen die Gebäude und Flächen in den Gewerbegebieten, die sie vorher zu Hause schon ausgewählt haben.

Sie nehmen Kontakt mit den angegebenen Maklern und Eigentümern auf und entscheiden sich schließlich für ein Objekt in Halle-Diemitz an der Reideburger Straße Nr.10.

Das Bürogebäude ist gut erhalten und groß genug für die erforderlichen Büro- und Sozialräume. Das zugehörige Gelände bietet genug Platz für Baufahrzeuge, Schuppen und Material-Lager.

Reiner ist besonders daran gelegen, große, helle Büroräume zu haben. Er möchte neben der Baufirma auf jeden Fall das Planungsbüro voran bringen und in Halle etablieren. Er will versuchen einen festen Kundenstamm für Planungsaufträge zu bekommen.

Nach den Verhandlungen in Halle fahren beide zurück nach Münster. Sie haben in Halle alles soweit vorbereitet, dass die Verträge vom Notar gefertigt werden können. Eine Woche später liegen die Verträge unterschriftsreif vor.

Die weiteren Formalitäten mit den Ämtern in Halle erledigt der Notar.

Damit die Zweigstelle in Halle voll funktionsfähig ist und arbeiten kann, fährt Reiner noch ein paar Mal dorthin.

Im Gebäude sind Malerarbeiten notwendig. Die gesamte Infrastruktur in den Zimmern wie Internetanschlüsse und Telefon lässt er auf den neuesten Stand bringen. Er muss Büromöbel kaufen und die Lieferung überwachen.

Reiner Wolle hat jetzt genug zu tun.

Ehe er sich um die ersten Aufträge bemühen kann, muss er Personal suchen und einstellen. Vorübergehend will er fragen, wer von den Mitarbeitern aus Münster zunächst in Halle arbeiten kann und will.

Aber als endgültige Lösung will er in Halle Bauarbeiter und Bürokräfte aus Halle und Umgebung einstellen.

Es hängt natürlich alles davon ab, wie schnell die Firma die ersten Aufträge bekommt.

Reiner selbst wohnt zunächst im Hotel. Er muss sich neben dem Aufbau der Zweigstelle jetzt verstärkt um eine Wohnung kümmern. Er weiß noch nicht, ob Sarah ihm nach Halle folgt.

Sie hat in Münster ihren festen Job in einer Bank. Den wird sie nicht so schnell aufgeben.

Bisher hat er mit ihr nicht viel über das Vorhaben der Firma in Halle gesprochen. Es war ja auch noch längst nichts sicher.

Reiner Wolle ist wie sein Vater Herbert kein Kind von Traurigkeit. Er sieht gut aus, ist jung und wirkt auf Frauen sehr dynamisch, erfolgreich und männlich.

Die Abende in Halle verbringt er nicht gerne allein. Er hat schnell heraus gefunden, wo es in Halle gemütliche Bars gibt, in denen er Unterhaltung findet. Attraktive Frauen gibt es überall. Er hat allerdings gewisse Ansprüche. Doch genau das wissen selbstbewusste Frauen in diesen Bars, die er dort kennenlernt für mehr als nur ein Bier an der Theke.

Reiner ist für alles offen.

Diese kleinen Abwechslungen sieht er nicht so eng. Er sucht hier nicht die Frau fürs Leben, sondern für eine Nacht. Genau diese Bekanntschaften will er und findet er in diesen Bars.

Heute Abend sitzt er mal wieder am Tresen seiner Stammbar. Inzwischen ist er hier regelmäßig. Ihm gefallen die Atmosphäre und das Publikum.

An einem der letzten Abende in dieser Bar ist ihm eine sehr ruhige und hübsche Brünette aufgefallen. Sie sitzt heute auf dem Barhocker neben ihm. Ihr langes dunkles Haar passt ausgezeichnet zu dem Rot ihres Kleides.

Lasziv hat sie ihre langen, glatten, leicht gebräunten Beine übereinander geschlagen, genau zu ihm hin gewandt. Sie trägt ein kurzes, tiefrotes Strickkleid mit langen Ärmeln.

Es ist so eng, dass sich ihre Figur genau abzeichnet. Vorn am Hals ist es hochgeschlossen. Aber dafür hat es einen kreisrunden, tiefen Rückenausschnitt bis zum Po. Reiner sieht sofort, sie trägt keinen BH. Bei **der** Figur ist der wirklich nicht nötig.

Sie trägt kaum Schmuck nur sehr raffinierte, silberne, hängende Ohrstecker und passend dazu silberne Armbänder.

Ihre schwarzen, hochhackigen Pumps haben sehr hohe Absätze." Allein dafür braucht diese Frau schon einen Waffenschein", denkt Reiner.

Reiner wartet nicht lange: „Guten Abend. Ist das hier Ihr Stammlokal? Ich habe Sie gestern auch schon hier gesehen."

So richtig originell findet er diesen Anfang nicht gerade.

„Ja, ja. Ich finde es hier sehr gemütlich. Hier treffe ich immer wieder interessante Leute."

„Was möchten Sie trinken? Kann ich Ihnen etwas bestellen?"

„Das ist lieb von Ihnen. Ich trinke ein Glas Sekt."

Eine Flasche Sekt bitte und zwei Gläser für uns beide", sagt er dem Mann hinter dem Tresen.

Sie stoßen gemeinsam an: „ Zum Wohl sagt sie. „Ich heiße Rebecca und du?"

„Hoppla", denkt Reiner, „die legt aber ein Tempo vor."

„Ich heiße Reiner."

„Und was machst du so?"

„Ich baue gerade hier in Halle eine neue Firma auf." Im Moment bin ich noch ganz damit beschäftigt, das Bürogebäude und die Lagerflächen herzurichten. Als nächstes will ich Leute einstellen."

Die Dame im engen Rot tut sehr interessiert: „Das ist sicher viel Arbeit. Bist du neu hier in Halle?"

„Ich komme aus Münster. Dort hat mein Vater schon lange eine Firma. So etwas will ich hier in Halle auch aufbauen."

Reiner weiß, dass er ihr nicht zu viel erzählen sollte und nimmt sich vor, das Thema "Beruf" zu beenden.

„Hast du heute Abend noch etwas vor?"

„Nein, ich will hier nur entspannen und nette Leute kennenlernen", erwidert Reiner.

„Bist du allein in Halle?"

Jetzt werden die Fragen schon intimer, stellt Reiner fest. „Ich wohne zurzeit noch im Hotel. Ich suche eine Zwei- oder Dreizimmer-Wohnung in einer ruhigen Wohnlage."

„Da wünsche ich dir viel Glück bei der Suche. So auf Anhieb kenne ich da keine Wohnung. Die Gegend an den Saaleauen ist sehr ruhig. Dort gibt es einige renovierte Häuser."

In dem Moment meldet sich Reiners Handy, ziemlich leise aber doch für beide nicht zu überhören. Er murmelt: „Entschuldigung", nimmt das Handy, stellt es aus und steckt es wieder ein.

„Das war nur eine SMS. Die kann ich mir morgen ansehen."

Reiner wundert sich über seine Partnerin, wie sachlich das Gespräch geworden ist. Selbst die SMS hat sie nicht irritiert. Sie ist nicht indiskret und fragt nicht, ob er verheiratet ist oder eine Freundin hat.

Im Laufe des Abends werden sie beide immer lockerer und kommen sich näher. Bei der einen Flasche Sekt ist es nicht geblieben.

Der Barkeeper hat beiden im Laufe des Abends hervorragende Cocktails zusammengestellt.

Die Unterhaltung wird immer vertrauter und lockerer. Sie verstehen sich offensichtlich gut und wirken wie ein verliebtes Paar, das sich schon ewig kennt.

Jedes Mal, wenn sie ihre Beine wieder neu übereinander schlägt, rutscht ihr Rock ein Stück höher. Offensichtlich trägt sie zumindest keine Strümpfe.

Gegen Mitternacht will Reiner sich verabschieden und zurück in sein Hotel. Er kann und will Rebecca nicht einfach so alleine hier auf dem Hocker sitzen lassen. Sie hat längst mehr als einmal ihre Hand lässig auf sein Bein gelegt.

Er fragt: „Ich rufe ein Taxi. Kann ich dich mitnehmen und nach Hause bringen?"

Rebecca guckt ihn sehr verliebt und vertraut an: „Gehen wir zu dir oder zu mir?"

Reiner ist längst so weit. Er will nicht ohne sie in sein Hotel. Dafür sind sie sich beide viel zu nahe gekommen.

Er zahlt und lässt ein Taxi rufen.

Wie zwei Ewigverliebte verlassen sie die Bar. Reiner hat Rebecca fest im Arm. Sie genießt das und drückt sich fest an Reiner.

Ziemlich unausgeschlafen wird Reiner am nächsten Morgen wach.

Auf dem Tisch liegt ein Zettel: „Du warst großartig. Er war groß und du warst artig. Vielen Dank Rebecca."

„Die Frau hat Humor", denkt Reiner, „'artig' kann man so oder so sehen. Auf jeden Fall war es artig schön."

Daneben auf dem Tisch liegt unübersehbar eine Visitenkarte. Reiner wundert sich und nimmt sie. Es ist die Karte eines Partyclubs. Auf der einen Seite steht eine Reklame für den "Excelsior Party Club" und auf der anderen Seite die Telefonnummer des „"Excelsior-Begleit-Service".

Reiner ist immer noch fasziniert von dieser Frau, auch wenn sie offensichtlich eine tatkräftige Werbeagentin des Party-Clubs ist. Er hofft, sie wieder zu treffen.

Rebecca ist mit Sicherheit nicht ihr richtiger Name. Aber das ist Reiner egal. Das ganze gestern Abend und heute Nacht war wie ein schöner Traum.

In den nächsten Tagen wird er garantiert noch einmal in diese Bar gehen oder in den Club auf der Visitenkarte, die auf dem Tisch lag.

Ihm ist schon klar, dass der Club so etwas wie ein Edelbordell ist. Aber in dem Punkt hat er keine Skrupel. Wenn dort die Atmosphäre stimmt, ist ein solcher Abend für ihn eine angenehme Abwechslung. Es ist ja nicht das erste Mal.

Am nächsten Tag ruft er Sarah in Münster an und fragt: „ Du hast mir eine SMS geschickt. Gibt es etwas Besonderes?"

„Nein, ich wollte mal hören, wie es dir geht und ob du mit deiner Arbeit voran kommst?"

„Es ist schon sehr viel zu erledigen. Mit meinem Vater habe ich einen Firmenstandort gefunden. Das weißt du ja schon. Jetzt bin ich dabei, eine Wohnung zu suchen. Ich habe einen Tipp bekommen, wo ich günstig und ruhig wohnen könnte. Da will ich mich zuerst drum kümmern. Das Leben im Hotelzimmer bin ich ziemlich leid."

„Das kann ich verstehen. Das Leben im Hotel nervt irgendwann."

„Ich denke es ist richtig, wenn ich zuerst nur eine 2- Zimmer- Wohnung nehme. Wir müssen doch erst sehen, ob die Firmen-Zweigstelle hier in Halle Gewinn bringt und läuft. Wenn du auch eine Stelle in Halle finden würdest und wir zusammenziehen, können wir immer noch ein Einfamilienhaus bauen oder kaufen."

„Darüber reden wir nicht. Das ist ein Thema für sich.

Ich wünsche dir viel Glück bei der Wohnungssuche. Hier geht alles seinen gewohnten Gang. Ab und zu gibt es in der Bank den üblichen Ärger. Aber sonst ist alles im grünen Bereich."

„Danke. Mal sehen, ob ich schnell eine passende Wohnung finde."

In der Tageszeitung sucht er unter der Rubrik: "Wohnungsangebote".

Was hatte Rebecca ihm gesagt: „An den Saaleauen gibt es schöne, alte renovierte Häuser."

Er findet ein Angebot einer Zwei-Zimmer-Wohnung in der Pfälzer Straße.

Er ruft die angegebene Nummer an und fragt, ob die Wohnung noch zu haben ist. Sie ist noch frei.

Er vereinbart mit dem Eigentümer einen Termin. Zwei Tage später steht er vor dem Haus. Es ist ein Altbau mit Blick auf die Saale und den Park. Die Eigentümer, ein Ehepaar so um die sechzig, begrüßt ihn: „Guten Tag. Sie sind Herr Wolle?"

„Ja, mein Name ist Reiner Wolle"

„ Ich bin Wilhelm Traud und das ist meine Frau Ottilie. Kommen sie bitte herein. Wir zeigen Ihnen die Wohnung. Es ist alles erst vor kurzem komplett renoviert worden."

Reiner geht mit den beiden durch die Räume. Die Wohnung gefällt ihm sofort.

In der Küche sagt Herr Traud:

„Die Küche ist von den Vormietern vor einem Jahr ganz neu eingebaut worden. Auch das Bad ist dabei komplett erneuert worden. Das können Sie übernehmen, wenn Sie möchten. Wir sähen es natürlich gern, wenn das so bleibt."

„Ja, das ist kein Problem. Wenn in der Küche und im Bad alles in Ordnung ist, übernehme ich die. Wie viel Quadratmeter hat die Wohnung?" fragt er.

„Es sind insgesamt 65 m²."

„Die Miete beträgt 750 € im Monat?

„Ja", sagt Frau Traud, „das ist die Kaltmiete. Dazu kommen noch die Nebenkosten."

Reiner geht noch einmal durch alle Räume und prüft die Fenster und die Installation, soweit das möglich ist.

„Wollen Sie hier mit ihrer Frau oder Familie wohnen?" fragt Frau Traud.

„Nein, zunächst werde ich hier alleine wohnen. Meine Verlobte wohnt noch in Münster. Dort hat mein Vater eine große Baufirma. Ich bin nach Halle gekommen, um hier eine Zweigstelle aufzubauen."

„Das ist ja interessant", sagt Herr Traud, „ich war bis vor einem Jahr als Bauingenieur bei der Stadt Halle beschäftigt. Jetzt bin ich im vorzeitigen Ruhestand aufgrund einer Behinderung."

Frau Traud ist neugierig:

„Dann wollen Sie auf die Dauer mit Ihrer Verlobten hier wohnen? Haben Sie Kinder?"

„Nein, meine Verlobte Sarah ist Bankangestellte und will das alles in Münster noch nicht so schnell aufgeben."

Reiner Wolle ist mit der Lage und dem Zustand der Wohnung einverstanden und vereinbart mit den Eigentümern einen Termin zur Unterschrift des Mietvertrages.

So schnell wie möglich möchte er einziehen. Das klappt schon zum 1. August.

Er wohnt dann in Halle, Pfälzer Straße 18.

Seine Firmenadresse ist: Halle/Saale, Reideburger Straße Nr.10.

Abends ruft er Sarah an:

„Ich habe eine Wohnung. Zwei Zimmer mit Küche und Bad, 65 m² für 750 € Kaltmiete. Die Einbauküche und das Bad sind fast neu. Die gesamte Wohnung ist renoviert. Die Lage ist super."

„Dann gratuliere ich dir. Du bist sicher froh, dass du mit deiner Arbeit gut voran kommst?"

„Das kannst du mir glauben. Mit dem Aufbau der Firma habe ich noch genug Arbeit. Als nächstes muss ich mich darum kümmern, Personal einzustellen."

Sarah beendet das Gespräch: „Wenn es was Wichtiges gibt, ruf' ruhig in der Bank an. Ansonsten telefonieren wir ja bald wieder. Tschüss, bis dann."

Danach ruft Reiner zu Hause seine Eltern an. Er gibt seinem Vater einen kurzen Lagebericht und die erfreuliche Nachricht, dass er eine Wohnung gefunden hat:

„Sobald ich mehr Zeit habe, erzähle ich euch mehr. Und mit dir, Vater, will ich ohnehin noch einiges besprechen. Wenn ich den ersten Auftrag habe, brauche ich hier in Halle wahrscheinlich Baumaschinen und andere Geräte. Vielleicht kannst du mir bei dem Kauf oder einem Leasing helfen. Ich melde mich wieder. Bis dann."

Für seine Firma muss Reiner jetzt dringend Stellenausschreibungen starten. Er gibt die Angaben an die Zeitung zur Veröffentlichung unter der Rubrik: „Stellenangebote".

Er sucht einen Bauingenieur als Büro- und Bauleiter, einen Straßenmeister und Vorarbeiter, eine Sekretärin und Facharbeiter für den Hochbau und den Straßenbau.

Er plant, sobald er die ersten Aufträge hat, für die Bauarbeiten überwiegend Leiharbeitern aus Bulgarien oder Rumänien einzusetzen. Dann hat er nicht so viele festangestellte Leute und kann variabel auf die Auftragslage reagieren.

Neben den entsprechenden Stellenangeboten in der Zeitung gibt er die gleichen Angebotstexte ins Internet.

Gleichzeitig liest er alle Stellengesuche in der Tageszeitung.

Reiner hat jetzt wirklich viel um die Ohren.

Die Büros im Firmengebäude müssen fertig werden, seine Wohnung muss er einrichten und zusätzlich muss er in der Zeitung und im Internet auf Ausschreibungen von Baumaßnahmen und auf Stellengesuche achten.

Schließlich will er seinem Vater zeigen, dass er seine Sache beherrscht und diese Zweigstelle möglichst alleine aufstellen und leiten kann.

Am wichtigsten ist ihm, einen Ingenieur zu finden, der etwa in seinem Alter ist aber genügend Erfahrung mitbringt, um mit ihm zusammen als sein Vertreter die Firma zu führen. Schließlich soll er neben ihm der Büroleiter und der Bauleiter für den Außendienst sein.

Das ist nicht einfach.

Reiner Wolle hat inzwischen aufgrund seiner Angebote einige Bewerbungen bekommen.

Zunächst liest er die Bewerbungsschreiben mit den Unterlagen der Bewerber. Zwei Bewerbungen kommen für ihn in die nähere Auswahl.

Es sind Frau Eva Schulte und Paul Weber. Beide sind Bauingenieur und haben schon Praxiserfahrung. Frau Schulte ist 25 Jahre alt und Herr Weber 32 Jahre alt.

Jetzt steht auch Reiner Wolle vor der Frage: „Wird sich eine junge Frau in diesem harten Baugeschäft energisch genug und sachkundig behaupten? Wird sie von der Männerwelt akzeptiert?"

Er lädt beide getrennt voneinander zu einem Vorstellungsgespräch ein.

Sie machen beide auf ihn einen guten und kompetenten Eindruck. Frau Schulte macht nicht den Eindruck, als ob sie sich die Butter vom Brot nehmen ließe.

Am liebsten möchte er beide einstellen, Aber das geht nicht. Dafür muss der Betrieb erst richtig laufen.

Er macht sich die Entscheidung nicht leicht. Beide sind verheiratet und haben jeweils ein Kind. Reiner hat letztlich genau _die_ Bedenken, die er eigentlich für falsch hält. Wenn Frau Schulte noch ein Kind bekommen sollte, fällt sie in seiner Firma mindestens einige Wochen aus.

Das kann er sich nicht leisten.

Er entscheidet sich dann doch für Paul Weber, obwohl er genau weiß, dass auch ein Mann durch Krankheit oder anderes längere Zeit ausfallen kann.

Es ist ungerecht der Eva Schulte gegenüber aber aus Sicht des Unternehmers irgendwie verständlich.

Paul Weber war bisher bei einer Baufirma in Leipzig beschäftigt. Weil er aber in Halle ein Einfamilienhaus gebaut hat und hier jetzt mit seiner Frau und dem Kind wohnt, ist es für ihn gerade passend, dass er diese Stelle in Halle bei der Firma Wolle bekommen hat.

Er hat in Leipzig einen Kollegen, den Straßenmeister Anton Kruse, der schon seit längerer Zeit eine Firma in Halle sucht.

Paul Weber empfiehlt Anton Kruse, sich bei Reiner Wolle zu bewerben.

Reiner Wolle hat bei dem Vorstellungsgespräch von Herrn Kruse einen positiven Eindruck. Er will ihn zunächst für ein halbes Jahr einstellen mit der Option, ihn später dauerhaft zu beschäftigen. Mit 38 Jahren kann Anton Kruse jederzeit andere Stellen bekommen, wenn der Vertrag nicht verlängert werden sollte. Er willigt ein und schließt mit der Firma Wolle einen Arbeitsvertrag.

Inzwischen ist das Firmengebäude in der Reideburger Straße Nr.10 soweit eingerichtet, dass die Angestellten und Reiner Wolle in die Büroräume einziehen können.

In der Zeitung findet Reiner die ersten Ausschreibungen der Stadt Halle für Straßenbauarbeiten. Er beauftragt Paul Weber, sich die Leistungsverzeichnisse bei der Stadt zu besorgen und die Angebote zu fertigen und fristgerecht bei der Stadt vorzulegen.

Herr Weber kennt das Geschäft. Er ist Bauingenieur mit Leib und Seele. Er erledigt die Arbeiten sofort und routiniert. Das weiß Reiner Wolle zu schätzen. Offensichtlich hat er den richtigen Mann eingestellt. Sie verstehen sich sofort sehr gut und liegen auf der gleichen Wellenlänge.

Nach knapp drei Wochen hat die Firma Wolle den ersten Auftrag, allerdings mit der Auflage, Referenzen vorzulegen, dass die Firma derartige Arbeiten schon ausgeführt hat und dazu in der Lage ist.

Reiner hat seinem Vater beim letzten Anruf gesagt, dass er sich bald wieder meldet. Jetzt ruft er seinen Vater in Münster an:

„Vater, ich habe unseren ersten Auftrag. Die Stadt Halle lässt an der Regensburger Straße den Radweg ausbauen. Das ist keine sehr große Maßnahme. Aber für uns zum Einstieg in das Geschäft ist das gerade richtig. Wir haben den Auftrag bekommen. Ich werde mit meinem Büroleiter Paul Weber zuerst überlegen, welche Arbeiter wir einsetzen können. Vielleicht kennt er einen Subunternehmer oder er kann zusammen mit unserem Straßenmeister Anton Kruse Arbeiter einer Leihfirma einsetzen.

Das Tiefbauamt der Stadt Halle fordert von uns Referenzen darüber, dass wir in der Lage sind, die Arbeiten durchzuführen.

Am besten ist es, wenn du diese Referenzen von bisherigen Auftraggebern direkt zum Tiefbauamt der Stadt Halle schicken lässt."

„Das ist kein Problem. Das veranlasse ich sofort.

Wegen der Maschinen höre ich mich hier in Münster mal um, ob ich günstig Geräte und Maschinen bekommen kann. Die Firma Greiter ist in Konkurs gegangen. Ich will sehen, dass ich das Passende aus der Konkursmasse bekommen kann."

„Das wäre gut", freut sich Reiner.

Sein Vater gibt ihm noch einen Tipp:

„Du musst dich erkundigen. Es gibt doch Förderprogramme für den "Aufbau Ost". Mit Mitteln aus diesem Programm kannst du wahrscheinlich zusätzliche Starthilfen bekommen. Das Geld solltest du dir nicht durch die Lappen gehen lassen."

„Ich bin da schon am Ball, Vater. Keine Sorge. Es ist nur alles unheimlich viel Arbeit. Ich brauche unbedingt eine Sekretärin, die diesen Bürokram für mich erledigen kann."

„Ich sehe schon, du schaffst das schon", sagt Herbert Wolle. „Dann machen wir für heute Schluss. Viele Grüße soll ich dir von Mutter bestellen."

„Danke, bestell' ihr auch Grüße. Bis zum nächsten Mal."

Zurzeit verbringt Reiner noch sehr viel Zeit im Büro. Ihm fehlt dringend eine Sekretärin.

Dazu liest er wieder die Stellengesuche durch. Er findet drei Frauen, die nach dem Text in der Zeitung für seine Baufirma wohl in Frage kämen.

Er lässt sich von allen dreien die Bewerbungsunterlagen schicken.

Nach Durchsicht der Unterlagen lädt er sie für einen Morgen zum Vorstellungsgespräch ein.

Nacheinander unterhält er sich mit jeder.

Sie wirken alle drei wohl geeignet für die Stelle. Seine Wahl fällt aber schließlich auf Anne Wrede. Sie ist zwar erst 23 Jahre alt. Aber Reiner hat das Gefühl, dass sie mit ihrer Art und ihrem Auftreten am besten in sein Team passt.

Sie ist blond, etwas vollschlank und voller Tatendrang. Reiner ist davon überzeugt, dass sie im Büro den Laden schon schmeißt.

Besonders wichtig ist ihm, dass sie sich intensiv um den ganzen Papierkram kümmert, der durch die Anträge und Genehmigungen mit den verschiedenen Behörden anfällt.

Er hat den Eindruck, dass Frau Wrede gerade in dem Bereich sehr gut Bescheid weiß. Mit 23 Jahren liegt ihre Ausbildung noch nicht so lange zurück. Vielleicht ist das der Grund, dass sie so gute Kenntnisse über die vielen Behördenvorschriften hat. Nach der Wende ist ja für die Menschen hier vieles ungewohnt und neu.

Jetzt ist er erleichtert. Die Grundlage seiner Zweigstelle der Firma Wolle in Halle an der Saale steht. Die Arbeit hat ja auch schon begonnen.

Wenn die Bauarbeiten für den ersten Auftrag auf der Baustelle beginnen, wird der Betrieb hoffentlich so laufen, wie er es von der Stammfirma in Münster gewohnt ist.

Kapitel 5

Es ist inzwischen August. Die Sommerferien sind vorbei. Walter und Erika Kirchhoff sind mit ihren vier Kindern wieder zu Hause.

Sie haben in Calpe in Spanien, in der Provinz Alicante, in dem Ferienhaus von Herbert Wolle einen herrlichen und erlebnisreichen Urlaub verbracht.

Walter Kirchhoff ruft Herbert Wolle an:

„Wenn es dir passt, komme ich in den nächsten Tagen bei dir in der Firma vorbei. Ich möchte mich bei dir ganz herzlich bedanken, dass wir in deinem Haus in Spanien einen so schönen Urlaub verbringen konnten."

„Das freut mich, wenn es euch gefallen hat. Morgen habe ich keine Zeit. Aber am Donnerstag um 10.00 Uhr passt es ganz gut. Den Termin halte ich frei. Dann können wir uns in Ruhe in meinem Büro unterhalten."

„Okay, dann sehen wir uns Donnerstag bei dir."

Walter hat natürlich im Büro den Kollegen von seinem Urlaub erzählt. Er möchte aber nicht, dass bekannt wird, dass die ganze Familie kostenlos der Wochen lang in dem Ferienhaus des Herbert Wolle gelebt hat.

Das könnte einige auf dumme Gedanken bringen. Das muss nicht sein.

Am Donnerstag sagt Walter im Büro Bescheid: „Ich fahre jetzt raus zur Baustelle und kurz zur Firma Wolle. Heute Mittag bin ich zurück."

Er fährt sofort zur Firma Wolle und trifft sich mit Herbert:

„ Hallo Herbert, da bin ich wieder, braun und gut erholt."

„Das ist nicht zu übersehen. Schön, dass es euch allen gefallen hat. Hattet ihr irgendwelche Probleme auf der langen Fahrt?"

„Nein, die Fahrt im Wohnmobil sind die Kinder und Erika ja gewohnt. Von Narbonne aus sind es zwar noch etwas mehr als 700 km bis nach Calpe, das haben wir aber in einem Tag geschafft."

„Und im Haus habt ihr euch wohlgefühlt? War dort alles in Ordnung? Ihr konntet euch ja jederzeit an Jose, den Verwalter wenden."

„Im Haus und am Pool war für alles bestens gesorgt. Die Küche ist voll funktionstüchtig. Erika hat relativ oft gekocht. Das macht sie selbst im Urlaub sehr gerne.

Das Beste aber war: Gegenüber in dem Ferienhaus wohnt das ältere Ehepaar Stadelmann aus der Schweiz. Der Mann ist Bäcker. Dort konnten wir uns jeden Morgen frische Brötchen holen. Zum Wochenende machte er aus dem gleichen Teig einen Zopf. Sonntags backte er nämlich keine Brötchen.

Jose, der Verwalter, hat jeden zweiten Tag morgens schon ganz früh den Pool gesäubert. Das war schon alles erstklassig."

„Und die Kinder? Hat es denen auch gefallen?"

„Bis auf unsere Älteste, Claudia, waren die andere drei von Anfang an begeistert. Aber als Claudia in Calpe am Strand die ersten Flirts hatte, war alles in Ordnung. Sie war fast jeden Abend mit irgendwelchen Boys in den Tavernen und Jugend-Discos unterwegs."

„Das freut mich", sagt Herbert. „Habt ihr mit dem Golf die Umgebung erkundet? In der Provinz Alicante gibt es nicht nur die herrlichen Strände. Da ist zum Beispiel das wirklich sehenswerte Bergdorf Guadelest. Da muss man einfach gewesen sein."

„Ja, wir haben einen kurzen Abstecher nach Benidorm gemacht. Das ist ja ein schrecklich langweiliger und überlaufener Ferienort. Überall stehen diese Hotelhochhäuser. Fast schlimmer als die Hochhäuser in unseren Großstädten. Das haben wir uns nur kurz angeguckt und sind dann weiter in die Berge gefahren.

Natürlich waren wir in Guadelest. Das ist wirklich sehenswert. Ein kleines Bergdorf hoch in den Felsen. Wir mussten unser Auto unten stehen lassen und das letzte Stück zum Dorfeingang auf einem in den Fels gehauenen Weg nach oben gehen.

Der Eingang zum Dorf ist kaum zu erkennen. Ein Tor in einem etwa zwei Meter breiten Felsspalt ist der einzige Zugang zum Dorf. Alles muss mit Eseln in das Dorf gebracht werden.

Wenn man durch das Tor geht, kommt man hoch in den Felsen auf einen ziemlich großen Marktplatz. Hier stehen die weißgetünchten Häuser der Bewohner eng aneinander gebaut.

Es gibt einige kleine steile Gassen, die mit dem Kieselsteinpflaster befestigt sind. Alle Gassen führen zurück zum Marktplatz. Dort wachsen sogar oben in den Bergen einige Laubbäume.

Vom Markplatz aus kann man landeinwärts weit in die teilweise wolkenverhangene Bergwelt gucken und von oben hinunter auf einen Stausee in den Bergen. Fantastisch.

So wie dieses Dorf angelegt ist, war es in früheren Zeiten als Castell de Guadelest wohl total sicher vor Feinden. Die Bewohner brauchten nur den Eingang in der Felsspalte zu bewachen."

Walter kommt noch nachträglich richtig ins Schwärmen.

„Guadelest muss man unbedingt gesehen haben, wenn man schon einmal dort ist", stimmt Herbert seinem Freund Walter zu."

„Und wie gefiel euch der Strand?"

„Die meisten Tage waren wir am Ferienhaus, weil unsere beiden Kleinen aber auch Markus und Claudia im Swimmingpool toben konnten. Hier waren wir unter uns und konnten spielen, ausruhen und die Sonne genießen.

Wer wollte, konnte den kurzen Weg zum Strand von Calpe gehen. Da war natürlich immer was los. Es ist aber auch wirklich ein herrlich breiter Sandstrand.

Der riesige Steinfelsen im Meer ist vom Strand aus ständig im Blickfeld. An ihm kann man sich immer orientieren."

„Wie ich dich kenne, Walter, hast du bestimmt den Anblick der Badenixen genossen."

„Hör auf, Herbert. Ich musste mich erst einmal ein paar Tage daran gewöhnen, dass ganz selbstverständlich so viele attraktive, junge Frauen oben ohne und in knappen Strings am Strand lagen und herumliefen und im Meer schwammen. Das gibt es auf dem Campingplatz nicht."

„So gleichmäßig konntest du deinen Bauch wohl gar nicht einziehen, um bei diesen gut gebauten Frauen Eindruck zu schinden."

„Du scheinst das ja genau zu wissen. Aber mit Frau und vier Kindern kannst du am Strand nicht so viel machen. Ich gebe aber zu, dass ich täglich den Anblick genossen habe.

Erika würde so etwas Knappes niemals anziehen. Sie trägt am Strand ihren braven Bikini. Das Oberteil würde sie nicht einmal zum Sonnen auf der Liege ablegen, obwohl sie sich das ohne Weiteres leisten könnte.

Geht deine Hannelore denn oben ohne an den Strand?"

„Nein, Hannelore liebt die Italienische Art."

„Wie soll ich das verstehen? Was meinst du damit?"

„Sie hat sehr viele verschiedene ganz knappe und modisch geschnittene Bikinis. Die wechselt sie am Tag wohl zehn Mal. Sie geht nur ganz selten zum Schwimmen ins Meer.

Dabei trägt sie sogar oft ihren Schmuck und ihr Makeup. Meistens steht sie aber nur mit den Füßen im Wasser und redet mit Bekannten. Sie genießt es, ihre Toppfigur aus dem Fitnessstudio zu zeigen. Sie kann sich das auch wirklich leisten. Wenn es ihr Spaß macht. -- Ich gönne ihr das und bin natürlich stolz auf meine Frau.

Das ist <u>ihre</u> Art, den Tag am Meer zu genießen. Ich kümmere mich nicht so viel darum. Ich lese sehr viel. Aber eigentlich wollte ich von dir wissen, wie es <u>euch</u> gefallen hat.

Bei so vielen schönen Frauen bist du wohl voll auf deine Kosten gekommen. Haben Erika und die Kinder sich ebenfalls gut erholt? Hat es ihnen gefallen?"

„Ja, ganz sicher. Dieser Urlaub war für alle ein besonderes Erlebnis trotz der langen Anfahrt.

Ich bedanke mich noch einmal ausdrücklich bei dir. Du hast uns einen großen Gefallen getan."

Walter steht dabei auf. Er will noch zur Baustelle.

„Du weißt ja, wir werden weiterhin bestens zusammen arbeiten."

Herbert ist zufrieden:

„Das freut mich. Ich habe gleich eine Besprechung.

Ach, da fällt mir noch was ein, was ich dir unbedingt sagen wollte. Wir haben schon seit einiger Zeit vor, in den neuen Bundesländern eine Zweigstelle unserer Firma zu eröffnen.

Wir haben in Halle an der Saale ein passendes Grundstück mit einem Firmengebäude gefunden.

Reiner soll diese Zweigstelle leiten. Er ist schon in Halle und organisiert alles. Wir können uns diese lukrativen Möglichkeiten aus dem Programm "Aufbau Ost" doch nicht entgehen lassen."

Walter ist natürlich total überrascht:

„Das ist wirklich eine hochinteressante Neuigkeit. Hoffentlich klappt das alles, was ihr in Halle vorhabt."

„Danke", sagt Herbert, „für heute wünsche ich dir weiterhin einen schönen Tag. Man sieht sich."

Walter geht und denkt sich:

„Wenn der wüsste, dass er sich in Halle beworben hat. Wenn er die Stelle in Halle bekommt, können sie die gute Zusammenarbeit dort fortsetzen. Das wäre für beide sehr angenehm. Aber erst muss das mit seiner Bewerbung ja mal klappen. Das ist noch lange nicht sicher."

Inzwischen sind die Sommerferien vorbei.

Walter denkt an seine Bewerbung in Halle und den Brief, den er vor den Ferien aus Halle bekommen hat. Er weiß noch nicht, ob er nun wirklich zur Vorstellung nach Halle eingeladen wird.

Einige Tage später bekommt er einen Brief. Seine Bewerbung ist geprüft worden. Er wird zu einem Vorstellungsgespräche zum 1. September eingeladen.

Für diesen Tag nimmt er sich Urlaub.

Erika sagt er aber noch nichts davon. Wenn er die Stelle in Halle nicht bekommt, würde er die Familie jetzt nur beunruhigen. Er sagt ihr:

„Am 1. September muss ich zu einer Tagung nach Halle an der Saale. Es ist nur ein Tag. Ich fahre mit dem Zug dorthin."

Normalerweise nimmt Erika berufliche Dinge wie Tagungen und Reisen so hin. Sie hinterfragt nichts. Walter wird wissen, was in seinem Beruf notwendig ist. Sie versteht davon ohnehin nichts.

Walter bereitet sich in den nächsten Tagen auf das Vorstellungsgespräch vor.

Am 1. September fährt er nach Halle. Er ist gespannt, was ihn erwartet.

Er will Karriere machen. Er ist aber nicht um jeden Preis auf die Stelle als Abteilungsleiter der Straßenbauabteilung angewiesen. Insofern kann er die Sache ganz locker angehen.

Mittags um 11.30 Uhr ist sein Termin.

Das Gremium vor ihm bestehend aus Amtsleiter, Personalchef und Personalrat hat schon zwei Mitbewerber befragt. Walter ist ziemlich entspannt. Offensichtlich überträgt sich die Gelassenheit und Souveränität auf die Anderen im Raum.

Das ganze Testgespräch dauert etwa eine halbe Stunde. Der Amtsleiter sagt am Schluss:

„Wir bedanken uns bei Ihnen. Wenn unsere Entscheidung feststeht, benachrichtigen wir Sie umgehend. Das kann aber noch ein bis zwei Tage dauern."

Walter bedankt sich und verabschiedet sich.

Drei Tage später bekommt er den Brief vom Personalamt in Halle.

Er bekommt die Stelle als Abteilungsleiter in Halle.

Jetzt beginnen im Büro die ganzen Formalitäten für die Versetzung von Münster nach Halle. Wenn sein derzeitiger Arbeitgeber, die Stadt Münster zustimmt, kann er schon zum 1.Oktober in Halle anfangen.

Abends fährt Walter schon früh nach Hause. Ehe die Kinder kommen, muss er diese Sache mit der Stelle in Halle mit Erika besprechen:

„Ich habe mich vor unserem Urlaub in Halle an der Saale auf die Stelle als Abteilungsleiter beworben. Ich habe diese Stelle bekommen. Dadurch erhalte ich sofort mehr Gehalt, zuerst nur eine Stufe, aber in einem Jahr noch eine Stufe mehr."

Erika ist total überrascht:

„Seit wann weißt du das?"

„Gestern habe ich die Zusage bekommen.

Ich war am 1. September in Halle zum Vorstellungsgespräch. Ich wollte erst sicher sein, ob das klappt ehe ich dich und die Kinder informiere."

„Und wann kannst du die Stelle antreten?"

„Die wollen, dass ich schon am 1. Oktober in Halle anfange. Wenn die Stadt Münster mich zum 1. Oktober versetzt, bin ich ab Oktober in Halle."

„Wir haben doch hier in Münster unser Haus. Die Kinder sind hier in der Schule. Das können wir doch nicht alles so schnell aufgeben."

„Nein, das weiß ich doch, dass das nicht geht. Erst werde ich mir in Halle ein Zimmer nehmen und versuchen, dass wir dort ein Haus kaufen, damit ihr alle so schnell wie möglich nachkommt."

Erika grübelt vor sich hin:

„Das ist aber eine grundsätzliche Veränderung unseres gesamten Lebens. Die Kinder werden garantiert dagegen sein. Das gibt noch viel Ärger. Ich glaube nicht, dass sie von Münster nach Halle umziehen wollen."

Walter ist sauer:

„Freust du dich denn gar nicht. Immerhin mache ich beruflich einen großen Sprung nach vorne und verdiene wesentlich mehr Geld. Das kommt doch der ganzen Familie zugute. Diese Möglichkeiten hätte ich in Münster nie bekommen.

Die Kinder können auch in Halle zur Schule gehen. Halle ist Universitätsstadt wie Münster. Da gibt es mit Sicherheit gute Schulen."

„Sachsen-Anhalt ist doch ein ganz anderes Bundesland. Bis zur Wende war hier noch die DDR. Die Schulen sind mit Sicherheit ganz anders als in Nordrhein-Westfalen", gibt Erika zu bedenken.

Walter ist über ihre Reaktion ziemlich sauer:

„Die Kinder müssen lernen, sich überall durchzusetzen und anzupassen. Uns hat damals auch keiner gefragt, ob wir mit der Schule einverstanden waren."

„Das kannst du doch mit der heutigen Zeit gar nicht mehr vergleichen. Außerdem ist ja nicht nur die Schule anders. Sie verlieren in Halle alle ihre Freunde aus Münster."

Walter will mit Erika nicht darüber streiten:

„Es ist _mein_ Beruf. _Ich_ verdiene das Geld. Ihr alle zusammen lebt nicht schlecht davon. Wenn ich mich jetzt beruflich so verbessern kann, habt ihr ja alle was davon. Außerdem möchte ich nicht weiter darüber diskutieren. Es ist meine Entscheidung und die ist richtig."

Erika lässt nicht locker:

„Wenn du in Halle die Stelle antrittst und dir ein Zimmer nimmst, bist du wochenlang nur am Wochenende zu Hause in Münster. In Halle musst du dich selbst versorgen. Ich kann dir deine Wäsche machen, die du dann für die ganze Woche mitnehmen musst."

„Das habe ich als Junggeselle vor unserer Heirat ja auch gemacht. Das klappt schon."

Irgendwie passt Erika nicht der Gedanke, dass Walter in Halle alleine lebt und sie in Münster die ganze Hausarbeit mit den Kindern und dazu die Gartenarbeit bewältigen muss. Aber das kann sie Walter nicht sagen. Das macht sie ohnehin schon jahrelang.

Walter ist nicht wirklich überrascht über die Reaktion von Erika. Er ist aber nach wie vor der Meinung, dass seine Karriere das Wichtigste ist und die Familie sich unterzuordnen hat:

„Ich hätte von dir eigentlich erwartet, dass du dich freust, wenn ich im Beruf weiterkomme und mehr Geld verdiene. Das wolltest du doch immer einen erfolgreichen Mann."

„Ja, das stimmt. Aber jetzt kommt alles so plötzlich. Das Schwierigste ist, es den Kindern beizubringen."

Als alle um halb sieben beim Abendessen sitzen, verkündet Walter die Neuigkeit:

„Ich bekomme eine neue Stelle als Abteilungsleiter. Da verdiene ich sofort mehr Geld."

Charlotte legt sofort los:

„Bekommen wir dann mehr Taschengeld?"

„Das wäre schön", sagt Markus ganz trocken.

Claudia, die Älteste, merkt ihren Eltern an, dass da etwas nicht stimmt:

„Und wo ist der Haken bei der Sache?"

Erika greift sofort ein:

„Vater wird dafür nach Halle an der Saale versetzt. Wir bleiben aber hier in Münster in unserem Haus."

„Und das soll so bleiben?" fragt Claudia ungläubig.

„Vater nimmt sich in Halle ein Zimmer und kommt an jedem Wochenende nach Hause."

Carola murmelt vor sich hin:

„Er ist ja jetzt schon ständig unterwegs. Da ändert sich nicht viel."

„Wenn wir nicht alle nach Halle müssen und in Münster bleiben, können wir unsere Freunde aus der Schule und dem Sportverein behalten. So viel ändert sich zum Glück nicht", stellt Markus fest.

„Das glaubst auch nur du", fährt Claudia im dazwischen.

Noch wissen die Vier nicht, dass die Eltern auf die Dauer keine Wochenendehe führen wollen und dass sie planen, das Haus in Münster zu verkaufen und in Halle ein neues Haus zu kaufen.

Claudia, mit 15 die Älteste, begreift, dass ihre Eltern das alles im Moment nur schön reden wollen:

„Ihr könnt uns ja viel erzählen. Ich wette dafür, dass ihr garantiert einen Umzug nach Halle an der Saale plant. Dann müssen wir Vier umziehen und verlieren unsere Freunde. Wir wissen doch überhaupt nicht, was uns da in Halle erwartet. Ich würde am liebsten alleine in Münster bleiben und bei meiner Freundin Nele wohnen."

„Nun reg' dich doch nicht jetzt schon unnötig auf. Noch werde ja ich in Halle arbeiten und wohnen. Wir planen doch noch gar keinen Umzug nach Halle", will Walter seine Älteste beruhigen.

„Und die Erde ist eine Scheibe. Du glaubst ja wohl selbst nicht, was du da sagst", schimpft Claudia weiter.

Jetzt wird es Walter langsam zu viel:

„Die Diskussion ist beendet. Ihr wisst nun Bescheid. Jetzt will ich in Ruhe Abendessen."

Claudia steht wütend auf und geht in ihr Zimmer.

Erika will sie beruhigen und geht nach dem Abendessen zu Claudia:

„Vater verdient nun mal das Geld. Wir können froh sein, wenn er sich im Beruf verbessern kann."

„Das ist ein Despot, ein Tyrann. Wir sind dem doch scheißegal. Er denkt nur an sich und seine Karriere und du unterstützt ihn auch noch. Dass wir unsere Freunde verlieren und wie wir in dem Scheiß-Halle klarkommen, interessiert ihn überhaupt nicht. Lass mich einfach nur in Ruhe."

Erika merkt, dass sie Claudia jetzt besser in Ruhe lässt.

Ihre anderen drei sind natürlich im Moment auch nicht gerade fröhlich. Die Stimmung in der Familie ist heute Abend miserabel.

Walter sitzt vor dem Fernseher.

Er ist felsenfest davon überzeugt, dass seine Entscheidungen richtig sind und sich alle, seine vier Kinder und seine Frau Erika, dem unterzuordnen haben.

Er ist der Boss.

Kapitel 6

Walter hat in den nächsten Tagen im Büro viel zu erledigen. Er muss sich darum kümmern, dass das Personalamt der Stadt Münster ihn mit allen erforderlichen Formalitäten nach Halle versetzt.

Als Oberbauleiter hat er mehrere Baustellen zu betreuen. Er muss diese Arbeiten und seine gesamten Akten seinem Vertreter und anderen Kollegen übergeben.

Es ist nicht seine Art, einfach so zum 1. Oktober nach Halle zu verschwinden. Er will vorher alles soweit es geht fertigstellen und ordentlich abgeben.

So ganz nebenbei sagt ihm bei der Übergabe der Akten sein Vertreter:

„Dann hast du ja in Halle weiterhin mit der Baufirma Wolle-Hoch-Tief zu tun."

„Hat sich das inzwischen herumgesprochen?"

„Der Junior Reiner Wolle hat in Halle eine Zweigstelle eröffnet", sagt sein Kollege.

„Ja, das stimmt. Ich habe es direkt nach meinem Urlaub von Herbert Wolle erfahren. Da wusste ich aber noch nicht, ob ich die Stelle bei der Stadt Halle bekommen würde."

In den nächsten Tagen räumt Walter die paar persönlichen Dinge in seinem Büro in eine Kiste. Bei solch einem Abschied ist immer etwas Wehmut dabei. Walter hat sich hier immer wohlgefühlt.

Aber natürlich freut er sich auch auf die neue Aufgabe in Halle.

Am letzten Freitag im September wird Walter Kirchhoff offiziell im Tiefbauamt in Münster verabschiedet. Sein Amtsleiter und ein Vertreter vom Personalrat halten die üblichen Lobreden.

Walter bedankt sich für alles. Er hat von einem Cateringservice Getränke und belegte Brötchen bringen lassen. Die Kolleginnen und Kollegen lassen es sich schmecken.

Es ist schon lange üblich, im Amt besondere Anlässe wie Beförderungen oder Verabschiedungen in dieser Art zu feiern.

Damit ist er nicht mehr beim Tiefbauamt in Münster beschäftigt. Sein neuer Arbeitgeber ist die Stadt Halle an der Saale. Dort im Tiefbauamt erwarten ihn jetzt neue Aufgaben als Abteilungsleiter Straßenbau.

Er fährt schon am 30. September mit seinem Wohnmobil nach Halle. Noch hat er ja dort kein Zimmer und keine Wohnung. Er übernachtet erst einmal in seinem rollenden Zuhause.

Am 1. Oktober stellt er sich im Tiefbauamt in Halle bei seinem neuen Chef, dem Amtsleiter Fritz Wenning, vor. Der begrüßt ihn sehr herzlich und geht mit ihm zusammen nur zwei Zimmer weiter zu Walters neuem Arbeitsplatz.

Zum Glück ist dort sein neues Arbeitszimmer hervorragend ausgestattet. Die Stahlmöbel sind offensichtlich neu. Das wichtigste aber ist, dass die gesamte technische Ausstattung wie EDV-Geräte und Telefonanlage vorhanden sind. Sobald er das nötigste eingeräumt hat, will er alles ausprobieren.

Herr Wenning lässt Walter nach einem kurzen Gespräch allein:

„Schauen Sie sich hier erst einmal um und richten sich etwas ein. Die offizielle Begrüßung und Vorstellung bei den Mitarbeiterinnen und Mitarbeitern findet Morgen um 10.00 Uhr im Besprechungsraum statt.

Wenn Sie Fragen haben und mich nicht erreichen können, wenden Sie sich an meine Sekretärin, Frau Helga Bellmann, sie kann hier fast alles organisieren. Sie hat ihr Vorzimmer gleich nebenan zwischen Ihrem und meinem Zimmer."

Für Walter stellen sich schon die ersten Fragen an seinen Chef:

„Gibt es morgen nur die Begrüßung oder ist das verbunden mit einem Imbiss?

Wo ist das Besprechungszimmer?"

Herr Wenning beruhigt ihn:

„Morgen ist nur die offizielle Vorstellung. Eine Antrittsfeier können Sie später immer noch starten, wenn Sie sich etwas eingearbeitet haben.

Das vordringlichste Problem für Walter ist jetzt, so schnell wie möglich ein Zimmer zu bekommen. Er möchte die Nächte weder im Wohnmobil verbringen noch ein Hotelzimmer buchen.

Vielleicht kann ihm da schon die Sekretärin Frau Bellmann einen Tipp geben. Sie wirkt auf ihn sehr solide und erfahren. Ihr Alter schätzt Walter auf um die Fünfzig.

Er geht zu ihr in das Zimmer nebenan, stellt sich vor und fragt sie gleich:

„Sie kennen sich bestimmt in Halle gut aus. Wie komme ich am schnellsten an ein möbliertes Zimmer?"

„Das ist nicht ganz leicht, weil es hier viele Studenten gibt. Ich weiß aber, dass eine Frau Mittler in Halle Kröllwitz ein Gästehaus hat. Sie vermietet selten an Studenten. Eigentlich nur an Firmenvertreter, an Leute, die hier in Halle für eine kurze Zeit arbeiten, oder an Angehörige von Patienten, die in der Klinik behandelt werden. Ich glaube, sie vermietet die Zimmer mit Frühstück.

Sie können es ja bei ihr versuchen. Sie wohnt Ernst-Grube-Straße Nr. 20. Das ist in Halle-Kröllwitz gleich gegenüber dem Klinikum Kröllwitz."

„Vielen Dank für den Tipp. Ich werde es noch heute dort versuchen."

„Wo wohnen Sie denn zur Zeit?" will sie wissen.

„Ich bin mit dem Wohnmobil von Münster gekommen, um erst einmal überhaupt eine Unterkunft zu haben. Aber das ist ja kein Zustand, schon gar nicht für den Abteilungsleiter im Tiefbauamt."

„Dann wünsche ich Ihnen viel Glück, dass Frau Mittler Ihnen ein Zimmer geben kann. Auf die Dauer wollen Sie sicher mit Ihrer Familie in Halle wohnen?"

„Das ist ganz sicher. Ich werde in der nächsten Zeit verstärkt nach einem Einfamilienhaus suchen. Mit vier Kindern brauchen wir viel Platz. Ich muss aber nichts überstürzen. Ich will mich zuerst auf meine Arbeit konzentrieren und mich einarbeiten."

Am nächsten Tag um 10.00 Uhr stellt Herr Wenning im Besprechungsraum der gesamten Belegschaft der Straßenbauabteilung Walter Kirchhoff als den neuen Abteilungsleiter vor.

Walter selbst sagt ebenfalls ein paar Begrüßungsworte:

„Ich war bisher im Tiefbauamt in Münster tätig als Oberbauleiter für Straßen- und Brückenbau. Ich bin verheiratet und habe vier Kinder im Alter von acht, elf, dreizehn und fünfzehn Jahren.

Meine Familie wohnt noch in Münster. Ich will aber so schnell wie möglich in Halle ein Haus kaufen und meine Familie nachkommen lassen.

In den nächsten Tagen werde ich zu jedem von Ihnen an den Arbeitsplatz kommen und mich über Ihre Arbeit informieren. Einen groben Überblick über die Abteilung hat mir Herr Wenning schon gegeben.

Ich hoffe, dass wir alle gut zusammenarbeiten werden. Zu einem etwas größeren Einstand lade ich Sie ein, wenn ich mich etwas mehr eingearbeitet habe."

Damit ist für Walter der offizielle Arbeitsbeginn an seiner neuen Wirkungsstätte erledigt.

Am Nachmittag fährt er nach Kröllwitz zur Ernst-Grube-Straße Nr. 20.

Die Straße ist eine ruhige Wohnstraße gleich gegenüber dem großen Klinikpark, einer Rasenfläche mit Büschen und Wegen. Die alten Häuser noch aus der Zeit vor dem zweiten Weltkrieg liegen auf der einen Straßenseite. Gegenüber entlang der Straße und dem Klinikpark sind Querparkstreifen und ein Gehweg.

Alle Häuser sind individuell anders gebaut und nur zweigeschossig. Zur Wohnstraße hin haben diese Häuser breite Vorgärten, die mit besonderen Vorgartenmauern und Gartentoren vom Gehweg abgetrennt sind.

Diese Wohnstraße wirkt auf Walter richtig gemütlich, ruhig und ein wenig altmodisch, aber schön.

Er schellt an der Haustür und eine Frau so um die sechzig öffnet ihm:

„Guten Tag, mein Name ist Walter Kirchhoff. Sind Sie Frau Mittler?"

„Ja."

„Ich suche ein Zimmer und habe gehört, dass Sie Zimmer vermieten."

„Dann kommen Sie erst einmal herein. Sie haben Glück, es ist gerade gestern ein Zimmer frei geworden. Darf ich fragen, was Sie in Halle machen?"

„Dürfen Sie. Ich bin seit dem 1. Oktober beim Tiefbauamt der Stadt Halle als Abteilungsleiter tätig. Vorher war ich in Münster bei der Stadtverwaltung angestellt. Meine Familie ist noch in Münster."

„Wie lange brauchen Sie das Zimmer?"

„Das kann ich Ihnen noch nicht so genau sagen. Ich brauche zuerst für mich eine Bleibe hier in Halle. Ich will meine Familie so schnell wie möglich nachkommen lassen. Ich will in Halle ein Haus kaufen und suche jetzt intensiv. Ich kann Ihnen nicht sagen, wie schnell das geht. Es kann einen Monat dauern oder vielleicht auch länger. Gibt es für Sie da ein Problem?"

„Nein. Ich gehe zunächst davon aus, dass Sie mindestens einen Monat hier wohnen. Wenn alles passt, können wir den Mietvertrag immer noch verlängern bis Sie ein Haus haben."

„Wenn Sie mir morgen die erforderlichen Unterlagen und eine Arbeitsbescheinigung Ihres Arbeitgebers bringen, machen wir sofort den Mietvertrag und Sie können morgen einziehen. Wo wohnen Sie jetzt?"

„Ich bin mit unserem Wohnmobil hier."

„Das geht doch gar nicht. Dann ziehen Sie sofort hier ein. Sie müssen nicht noch eine Nacht auf der Straße verbringen. Wir erledigen das Formelle morgen."

„Danke", sagt Walter, „das ist mir auch lieber so. Dann kann ich sofort meine nötigste Kleidung und die Waschutensilien hier einräumen. Sie bieten auch Frühstück an?"

„Ach ja, ich habe vergessen Ihnen das zu sagen. Sie können morgens ab sieben Uhr im Gastzimmer frühstücken. Es gibt Kaffee und Brötchen, Marmelade und Ei. Wenn Sie etwas Besonderes möchten, sagen Sie es mir am Abend vorher. Ich zeige Ihnen gleich das Gastzimmer."

Walter ist heilfroh, dass das so gut geklappt hat. Er geht mit Frau Mittler in sein Zimmer, in sein neues Zuhause.

Sie zeigt ihm das Bad und das Gastzimmer. Walter bedankt sich und räumt die am dringendsten benötigten Sachen aus dem Wohnmobil in sein Zimmer.

Die Möbel in seinem Zimmer sind etwas altmodisch aber noch gut in Ordnung und gemütlich. Alles, was er braucht ist vorhanden. Ein Kleiderschrank, sein Bett und eine großzügige Sitzecke mit Couch, drei Sesseln und Fernsehgerät.

In einem Hotel wären die Möbel wahrscheinlich moderner. Walter ist aber mit dem Zimmer hier im Gästehaus bestens zufrieden. Es ist wie eine zweite Wohnung für ihn.

Außerdem ist die Miete erschwinglich. Er braucht das Zimmer nur für die Zeit, bis er ein Haus kaufen kann und mit seiner Familie nach Halle umzieht. Er hofft, dass er ein oder zwei Monate suchen muss, bis er das passende Haus gefunden hat.

Nachdem er alles begutachtet hat, ruft er zu Hause Erika an:

„Hallo, ich bin's. Ich habe eine Bleibe hier in Halle gefunden. Ein möbliertes Zimmer in Halle-Kröllwitz. Das liegt nicht weit vom Bauamt entfernt. Die genaue Adresse ist: Halle-Kröllwitz, Ernst-Grube-Straße Nr. 20. Bei Frau Mittler."

„Ist das ein Privatzimmer?" fragt Erika.

„Nein, dass hier ist ein Gästehaus mit mehreren Zimmern, die vermietet werden. Sobald wie möglich kommt ihr alle zusammen nach Halle. Dann zeige ich euch das Zimmer. Du brauchst dir keine Sorgen zu machen. Es hat alles seine Ordnung. Ich bin nicht im Bordell gelandet."

„Dir ist doch alles zuzutrauen."

„Na, na, nun übertreib' mal nicht. So schlimm bin ich nun wirklich nicht, dass ich schon im Puff wohnen müsste. Ist bei euch in Münster alles in Ordnung?"

„Ja, wir kommen schon klar. Tagsüber sind die Kinder in der Schule, da erledige ich alles. Am Wochenende kommst du ja nach Hause."

„Ja sicher. Ich will dann das Wohnmobil in Münster lassen und mit unserem PKW nach Halle fahren. Du kannst dann in Münster das Wohnmobil benutzen, wenn du dringend ein Auto brauchst. Das meiste erledigst du doch ohnehin immer schon mit dem Fahrrad."

Walter beendet das Gespräch:

„Ich kann nicht so lange reden. Ich wollte dir nur erst einmal Bescheid sagen, damit du dir keine Sorgen machst. Im Büro sieht alles ganz gut aus. Jetzt muss ich mich um meine Sachen kümmern und um mein Abendessen.

Grüße die Kinder von mir. Ich melde mich bald wieder. Tschüss."

Am nächsten Tag richtet sich Walter in seinem neuen Büro ein.

Ehe er sich um seine Arbeit kümmert und zu den Kolleginnen und Kollegen geht, versucht er, seinen Freund Reiner Wolle in Münster anzurufen.

Er möchte ihm und seinem Vater Herbert Wolle die große Neuigkeit mitteilen, dass er jetzt Abteilungsleiter in Halle an der Saale ist.

Er ruft Reiner Wolle auf dessen Handy an. Die Nummer hat er ja gespeichert.

Nach kurzer Zeit meldet sich ein Automat:

„Reiner Wolle ist zurzeit nicht erreichbar. Bitte rufen Sie folgende Nummer der Firma Wolle an."

Walter hat die angegebene Nummer gleich notiert. Er ist ein wenig irritiert.

„Das ist doch eine Nummer mit der Vorwahl von Halle. Hat die Firma Wolle etwa in Halle eine Niederlassung oder zumindest ein Büro?"

Er erinnert sich, dass Herbert Wolle mal davon gesprochen hat, in den neuen Bundesländern eine Zweigstelle aufzubauen.

Aber ausgerechnet in Halle. Das wäre ein riesiger Zufall, wenn diese Zweigstelle in Halle ist und er gerade in Halle bei der Stadtverwaltung, beim Tiefbauamt, seine neue Stelle als Abteilungsleiter angetreten hat.

Dann wäre die Telefonnummer, die er gerade bekommen hat, die Nummer der Firma Wolle-Hoch-Tief in Halle.

Jetzt ist er richtig neugierig, wie Reiner Wolle und seine Zweigstelle in Halle an der Saale eingerichtet hat und wie es ihm hier inzwischen geht.

Er hat Glück. Gleich im ersten Versuch erreicht er die Firma. Es meldet sich die Sekretärin Anne Wrede:

„Firma Wolle-Hoch-Tief, Sie sprechen mit Anne Wrede."

„Oh", denkt Walter, „das hört sich schon mal gut an. Da hat Reiner offensichtlich eine sehr junge Frau eingestellt."

Er sagt: „Hier ist Walter Kirchhoff vom Tiefbauamt der Stadt Halle. Könnte ich bitte Herrn Reiner Wolle sprechen?"

„Der ist zurzeit auf der Baustelle. Kann er Sie zurückrufen?" fragt diese junge, sympathische Stimme.

Walter gibt ihr seine Telefonnummer und bittet um den Rückruf.

Mittags ruft ihn dann Reiner an:

„Das ist ja eine Überraschung, Walter. Hast du dich in Halle beim Tiefbauamt beworben und eine neue Stelle angetreten oder bist du hier nur zu Besuch bei Kollegen?"

„Nein, ich bin hier im Tiefbauamt der neue Abteilungsleiter Straßenbau. Ich hatte mich beworben und die Stelle bekommen."

„Das ist ja eine Riesenüberraschung. Das muss ich gleich sofort meinem Vater erzählen. Oder weiß der das schon?"

„Nein, das ging alles ganz schnell. Ich habe euch nichts davon gesagt, weil ich doch erst sicher sein musste, ob ich die Stelle bekomme."

„Mein Gott, Walter, dann bist du jetzt also an deinem neuen Arbeitsplatz in Halle angekommen?"

„Ja, es hat geklappt. Ich habe sogar schon ein Zimmer in Kröllwitz. Die Adresse gebe ich dir gleich. Wie läuft eure Firma hier in Halle? Habt ihr schon Aufträge?"

„Ich kann dir nur sagen, es läuft prima. Ich hatte zwar eine Menge Arbeit, bis diese Zweigstelle mit dem Grundstück, dem Büro und mit dem Personal eingerichtet war. Aber wenn das so weiter geht, wie es jetzt aussieht, kann ich nicht klagen."

„Das freut mich wirklich für dich. Hast du von der Stadt Halle schon einen Auftrag?"

„Ja, wir bauen den Radweg an der Regensburger Straße. Das ist keine sehr große Maßnahme. Für den Anfang ist das genau das Richtige. Aber jetzt bist du ja da. Da will ich mal hoffen, dass wir weiterhin gut zusammen arbeiten wie in Münster."

„Hast du heute Abend schon was vor?" will Reiner wissen.

„Nein. Aber heute möchte ich erst einmal meine Sachen hier in dem Zimmer einräumen. Ich habe deine Handy-Nummer und deine Firmen-Telefonnummer. Ich melde mich morgen. Dann können wir uns abends treffen und ein paar Bierchen zusammen trinken. Wie ich dich kenne, hast du bestimmt schon ein paar gute Kneipen oder Bars in Halle ausfindig gemacht. Also bis morgen, Reiner."

Am nächsten Tag nimmt Walter sich vor, die ersten Kolleginnen und Kollegen seiner Abteilung an deren Arbeitsplatz zu besuchen und sich über deren Arbeit zu informieren.

Er geht zuerst zu den Bauführern, drei Ingenieuren mit je einem Straßenmeister. Einer der drei Kollegen ist Jürgen Fischer, der ihm irgendwie bekannt vorkommt:

„Ich habe das Gefühl, ich hätte Sie schon irgendwo gesehen."

„Ja, das kann sein. Ich habe in Münster studiert und mein Praktikum beim Tiefbauamt der Stadt Münster gemacht."

„Dann kenne ich Ihr Gesicht noch von damals. Sie sind hier in Halle Bauführer?"

„Ja, wir sind für den Straßenbau drei Ingenieure. Wir haben drei Bezirke. Jeder macht für Maßnahmen in seinem Bezirk die Ausschreibungen und dann auch die Bauleitung."

„Das ist interessant. In Münster erstellte ein anderer als der Bauleiter das Leistungsverzeichnis für die Ausschreibung. Das war dort getrennt, um Manipulationen zu erschweren."

„Hier ist das so geregelt und es klappt hervorragend."

„Dann wünsche ich Ihnen weiterhin gutes Schaffen. Ich will noch die anderen Arbeitsgruppen im Amt besuchen."

Nachmittags ruft Walter seinen Freund Reiner Wolle an:

„Wenn du Zeit und Lust hast, können wir uns heute Abend treffen."

Reiner hat Zeit und schlägt eine gemütliche Kneipe in der Nähe des Marktplatzes gegenüber dem berühmten "Roten Turm" vor.

Um acht Uhr abends treffen sich die beiden dort. Natürlich haben sie sich viel zu erzählen:

„Mensch Reiner, wenn ich gewusst hätte, dass das hier in Halle mit der neuen eine Zweigstelle geklappt hat, hätte ich euch gesagt, dass ich vielleicht die Stelle als Abteilungsleiter beim Tiefbauamt in Halle bekommen kann."

„Ach, weißt du Walter, ich hatte in den letzten Wochen genug Arbeit mit unserer Firma. Und das mit deiner Stelle war ja noch nicht sicher, wie du mir erzählt hast. Jetzt ist es doch alles gut gelaufen. Wir beide wollen sehen, dass sich unsere gute Zusammenarbeit aus Münster hier fortsetzt."

„Da brauchst du dir keine Sorgen zu machen. Das klappt schon."

„Ich muss dir mal ganz was anderes erzählen", wechselt Reiner das Thema.

„Vor einiger Zeit habe ich in einer normalen Bar in der Altstadt eine ganz tolle Frau kennen gelernt. Die Nacht mit ihr war super."

„Ich denke, du bist mit Sarah zusammen?"

„Das hat doch nichts mit Sarah zu tun.

Die wirklich attraktive Frau heißt Rebecca, jedenfalls hat sie sich so vorgestellt. Morgens war sie verschwunden, ehe ich richtig wach war.

Sie hat eine Visitenkarte von einem Party-Club und einem Begleitservice da gelassen. Offensichtlich ist sie so etwas wie eine Edel-Prostituierte, die für den Club wirbt.

Die Abende in Halle sind manchmal ziemlich lang. Wenn du Lust hast, Walter, können wir beide ja mal an einem Abend in diesen Party-Club gehen."

„Ich habe so etwas noch nie gemacht. Aber du scheinst ja schon Erfahrung zu haben. Vielleicht gehe ich mal mit."

Am nächsten Wochenende fährt Walter nach Münster. Er will noch einige Sachen holen, die er in Halle benötigt. Am Sonntag fährt er zurück nach Halle. Immerhin ist das von Münster aus über 500 km.

Er will Montagmorgen pünktlich im Büro sein.

Am Dienstag gegen elf Uhr morgens ruft ihn Reiner Wolle an: „Wie war's zu Hause? Alles in Ordnung?"

„Ja, Erika kommt mit den Kindern auch ohne mich klar. Ich habe ihr von eurer neuen Zweigstelle erzählt und soll dich grüßen."

„Danke. Hast du heute Abend schon was vor?"

„Nein, meine persönlichen Dinge habe ich inzwischen soweit geregelt. Hast du eine Idee, was wir machen könnten?"

„Ja, mir geht die Rebecca nicht aus dem Kopf. Die hat mich richtig neugierig darauf gemacht, was in dem Excelsior-Party-Club abends so los ist."

Walter bemerkt ganz trocken: „Als diese Rebecca dich am Tresen sah, hat sie mit Kennerblick gleich gesehen, dass du ein künftiger Kunde bist."

„Das stimmt. Aber warum auch nicht. Ab und zu mal eine Abwechslung ist doch prima. Gehst du mit, wenn ich mir die Atmosphäre in dem Club ansehen will?"

„Ich gehe mit. Wann willst du dahin? Heute schon?"

„Warum nicht? Ich hole dich um neun Uhr heute Abend ab. Ich komme mit dem Taxi, wir wohnen ja nicht weit voneinander entfernt. Aber denk' dran. Du musst dich ein wenig in Schale werfen und einen Anzug anziehen."

„Ist das so vornehm dort?"

„Das weiß ich nicht. Aber sicher ist sicher. Wenn ich an den Auftritt von Rebecca denke und an ihre Klasse, dann ist das bestimmt kein Billigpuff am Straßenstrich."

„Dann bis heute Abend."

Um neun Uhr abends kommt Reiner mit dem Taxi zu Walters Domizil in der Ernst-Grube- Straße. Er bittet den Fahrer, ein paar Minuten zu warten und geht ins Haus:

„Tag, Walter, Hier wohnst du also?"

„Ja. Es ist nur vorübergehend. Deswegen habe ich nur ein möbliertes Zimmer genommen. Ich will so schnell wie möglich ein Haus für die ganze Familie kaufen."

„Ich werde mich auch umhören. Vielleicht kann ich dir helfen", sagt Reiner.

Nach fünf Minuten gehen beide zu ihrem Taxi. Der Fahrer bringt sie zu dem Club. Der macht das mit Sicherheit nicht zum ersten Mal.

Inzwischen ist es draußen dunkel. Die bunte Schrift über dem Eingang ist nicht zu übersehen.

Hinter der Eingangstür sind ein dezent rot erleuchteter Flur und eine Garderobe. Eine hübsche, freundliche Dunkelhaarige begrüßt die beiden und bittet sie herein.

Sie hat ein sehr hübsches Gesicht und lange schwarze, leicht gewellte Haare. Sie trägt ein bodenlanges, fast schwarzes Chiffonkleid mit einer dünnen Naht an einer Seite, hauchdünn wie ein Nylonstrumpf. Es ist hochgeschlossen aber es verbirgt nichts. Ihre Brüste sind fest und nicht zu groß.

Walter schätzt sie auf etwa 25 Jahre. Kaum erkennbar trägt sie einen schmalen Bänderstring mit Perlen. Ihr Po ist stramm, fest und niedlich.

Auf ihren hohen Pumps mit Bleistiftabsätzen führt sie Walter und Reiner in die Bar.

Der ganze Raum ist nur schwach beleuchtet und in ein gnädiges Rot getaucht. Bei <u>dem</u> Licht sehen nicht nur alle Gäste gut aus. Auch das in der Mitte des Raumes an der Stange tanzende fast nackte Girl auf dem Podium ist makellos.

Außer einem knappen Perlenstring und ihrem Parfum trägt sie nichts. Bei ihren Bewegungen sieht man die Perlenbänder teilweise gar nicht am Körper, so schmal sind sie.

Die Tänzerin windet sich akrobatisch an der Stange zu einer passenden leisen Partymusik. Auf das Podium sind wechselnde kurze Lichtspots gerichtet.

Eine attraktive Blondine im knappen Party-Bikini bittet Reiner und Walter an einen Tisch in einer gemütlichen Sitzecke mit dunkelroten Polstermöbeln in der Nähe des Podiums mit dem tanzenden Girl in der Mitte.

In dem spärlichen Licht sieht Walter, dass die anderen Sitzgruppen zum Teil ebenfalls besetzt sind.

Die Blondine stellt beiden unaufgefordert je ein Glas Begrüßungssekt hin und fragt mit einem aufreizenden Unterton:

„Haben die Herren einen besonderen Wunsch?"

Reiner antwortet:

„Im Moment noch nicht."

Nicht einmal zehn Minuten später kommen zwei Girls an ihren Tisch:

„Dürfen wir uns zu Ihnen setzen?"

„Ja sicher, gerne."

Reiner und Walter sind in diese Bar gekommen, weil sie genau das genießen wollen.

Die beiden sind ziemlich jung, etwa Mitte zwanzig, schätzt Walter. Die eine etwas kleinere ist dunkelhaarig, die andere blond.

Die Dunkle trägt ein weißes, total durchsichtiges dünnes Chiffonkleid, knielang, rückenfrei mit tiefem Ausschnitt und vorne hochgeschlitzt, ohne BH und ohne Slip, nur das Kleid. Zwei Träger, die kaum den Busen abdecken, sind im Nacken geknöpft.

Sie trägt eine kleine Perle an einer langen dünnen Kette um den Hals und dazu ganz dezent Perlenohrstecker.

Obwohl die Blonde eine sehr schlanke Figur hat, hält sie ihren beachtlichen Busen mit einem schwarzen halben, transparenten Büstenhalter, verziert mit kleinen Glaskristallen. Dazu trägt sie passend einen schwarzen, transparenten String mit Glaskristallen. Vorne durch den String blitzt ein Intimpiercing, ein kleiner Metallring. Die Ohrstecker sind passend zum String kleine Kristalle.

„Was kann ich für uns bestellen?"

fragt sofort die Blonde.

„Wie ich sehe, trinken die Herren Sekt."

Prompt bestellt sie zunächst eine Flasche Sekt mit vier Gläsern.

Zwei Girls in langen hochgeschlossenen Kleidern bedienen die Gäste. Der Clou an diesen Kleidern ist, sie sind komplett transparent und nude-farben. Der transparente Stoff ist ganz fein mit wenigen glitzernden Fäden durchzogen. Nach oben hin zum Hals werden die Kleider immer schmaler und sind im Nacken befestigt. Dadurch ist der obere Teil so schmal, dass bei jeder Bewegung eine Brust rechts oder links seitlich hervor blitzt.

Beide Girls tragen unter ihrem Kleid absolut nichts. Bei der Figur, die beide haben, ist das auch nicht nötig. Jedenfalls nicht hier.

Die Dunkle am Tisch von Reiner und Walter kommt gleich zur Sache:

„Ich bin Carina und das ist meine Freundin Barbara. Und wer seid ihr?"

„Ich bin der Reiner."

„Und ich bin Walter."

Walter denkt nur: „Wenn der Abend so anfängt, kann das noch ganz schön teuer werden. Diese Flasche Sekt kostet mindestens 250 DM. Aber wir wollen ja etwas erleben. Deswegen sind wir hier."

Auf dem Podium in der Mitte tanzen inzwischen verschiedene Mädchen. Sie sind nackt und zeigen an der Stange sehr aufreizende Stellungen.

Reiner und auch Walter haben inzwischen ihre Besucherrinnen fest im Arm. Sie sind sehr anschmiegsam. Immer öfter gleiten ihre Hände nach unten. Bei Carina fühlt Reiner unten einen kleinen Schmuckstein. Sie hat dort offensichtlich genau wie Barbara ebenfalls ein Piercing.

Nach einer Stunde Unterhaltung im Partyraum und einigen gekonnt komponierten Drinks fragt zuerst Reiner seine Carina:

„Wollen wir nach hinten gehen?"

Carina nickt. Sie steht auf, nimmt Reiner an die Hand und zieht ihn langsam in einen schummrig beleuchteten Flur. Dort bittet sie Reiner, den Knopf an ihrem Kleid zu lösen. Geschickt lässt sie ihr Chiffonkleid auf den Boden gleiten.

Splitternackt geht sie vor Reiner her durch den Flur.

Reiner ist total begeistert. Vor ihm diese hübsche, attraktive, nackte Frau auf ihren schwindelerregend hohen Absätzen mit ihrem zierlichen Apfelpo. Ihr Gang ist sehr aufreizend. Der Flur könnte ruhig 100 Meter lang sein.

Sie gehen zusammen in eines der Zimmer. Auch hier ist das rote Licht gedämpft.

Nachdem sie sich einig sind, genießt Reiner eine wunderbare halbe Stunde mit "seiner" Carina. Danach verschwindet sie durch eine Tür. Reiner kann sich in Ruhe wieder komplett anziehen.

Kurz nach Reiner geht auch Walter mit "seiner" blonden Barbara in eines der hinteren Zimmer. Noch am Tisch in der Bar löst sie geschickt seitlich ihren String und geht halbnackt vor Walter her durch den Flur. Sie trägt unten nichts und oben nur noch ihre halbe Büstenhebe.

Walter könnte stundenlang so hinter ihr her gehen und diesen Anblick genießen.

Dieses heiße Teil, den Halb-BH, darf Walter gleich als erstes in ihrem Zimmer lösen. Nun steht Barbara vor ihm in ihrer ganzen weiblichen Pracht. Sie trägt ein Nabelpiercing aus Silber mit einem wasserblauen Glasstein und unten den Schmuckring. Sie hat an ihrem ganzen Körper alle Haare entfernt. Nur ihre langen blonden Haare fallen über ihre Schultern.

Davon hat Walter immer geträumt, dass seine Frau sich auch so pflegt. Er ist begeistert. Dazu Barbaras Figur, ihr hübsches Gesicht und ihr Parfum !!!!

Allein das alles bringt ihn fast um den Verstand.

Sie sind sich schnell einig und Walter genießt eine temperamentvolle und leidenschaftliche halbe Stunde mit ihr.

Reiner und Walter bleiben nach diesem Abenteuer noch eine knappe Stunde bis ungefähr halb eins in der Nacht und genießen die erotische Atmosphäre in dieser Bar. Auf einer kleinen Bühne neben dem Podium mit der Stange tanzen sehr hübsche Mädchen nach der meist ruhigen Musik.

Ihre Vorführungen wirken durch geschickte Lichteffekte besonders reizvoll. Bei jedem Tanz strippen sie oder sind von Beginn an nackt. Walter ist erstaunt, wie raffiniert und variantenreich diese Tänzerinnen so minimal wenig aus- oder anziehen können.

Jede Nummer ist von Neuem sehr erotisch und gekonnt.

Eine Vorführung gefällt Walter besonders gut: Eine Tänzerin bewegt sich nach der Musik von Jacques Offenbach, der Barcarole aus der Oper "Hoffmanns Erzählungen".

Natürlich ist sie nicht nur nackt sondern auch sehr erotisch in ihren Bewegungen. Beim Tanzen gleiten ihre Hände zart über ihren Körper.

Für Walter ist das fast schon der Höhepunkt des Abends abgesehen von dem Erlebnis mit Barbara.

Mit dem Gefühl, dass sie einen richtig schönen Abend genossen haben, stehen sie von ihrem Tisch auf und gehen zur Garderobe.

Dort nehmen sie den ausliegenden Werbeprospekt mit. Neben den normalen Räumen im hinteren Bereich werden da ein besonderes Japanzimmer, ein türkisches Zimmer und ein Zimmer mit großer, runder Schaumbadwanne angeboten.

Auf dem Foto vom Japanzimmer liegt eine hübsche Asiatin seitlich auf dem Diwan und winkt in die Kamera. Die Wände sind aus Bambusmatten. Überall hängen die typischen japanischen Lampions.

Das Foto vom türkischen Zimmer zeigt eine arabische Bauchtänzerin in ihrem orientalischen Kostüm. Dieser Raum ist ausgestattet wie ein Zimmer im Harem, irgendwie orientalisch mit schmalen Säulen und Rundbögen.

Reiner findet es interessant:

„Da kann man mal sehen, wie die Barbesitzer auf die offensichtlich nachgefragten Wünsche der männlichen Gäste reagieren und ihr Angebot anpassen."

Sie bestellen ein Taxi und fahren nach Hause.

Reiner hat solch einen Abend nicht zum ersten Mal genossen.

Walter ist einerseits noch berauscht von dem Erlebnis. Er weiß aber auch, dass er sich das schon aus finanziellen Gründen nicht sehr oft leisten kann.

Kapitel 7

Reiner Wolle hat mit seiner Baufirma Wolle-Hoch-Tief in Halle in der nächsten Zeit sehr viel Arbeit. Bisher hat er mit dem Ausbau des Radweges Radweg an der Regensburger Straße nur den einen Auftrag.

Er bemüht sich jetzt um Aufträge im Hochbaubereich. Die Wohnbau GmbH hat die Sanierung von Wohnungen in Halle-Neustadt ausgeschrieben.

Er hat für derartige Arbeiten in Halle kaum Personal. Eigentlich hat er nur seinen Straßenmeister und Vorarbeiter Anton Kruse. Die Bauleitung will er selbst mit seinem Ingenieur Paul Weber gemeinsam machen.

Wenn er den Auftrag bekommt, will er zumindest für einige Zeit Fachleute der Firma aus Münster holen. Die eigentliche Arbeit sollen Leiharbeiter mit Werksverträgen durchführen.

Dazu hat er sich vorab erkundigt. In Halle und Leipzig gibt es genügend dieser "Subunternehmen".

Er guckt sich zusammen mit Paul Weber die Gebäude und Wohnungen in Halle-Neustadt an und gibt für die ausgeschriebenen umfangreichen Leistungen der Wohnbau GmbH ein Angebot ab.

Offensichtlich sind nicht sehr viele Firmen an dem Auftrag interessiert. Er bekommt den Auftrag.

Halle-Neustadt ist ein großer Stadtbezirk in Halle, ein Wohnbereich überwiegend für sozial schwache Menschen, die im Leben nicht gerade Glück gehabt haben und zum Teil schwere Schicksalsschläge einstecken mussten.

Hier stehen überwiegend mehrgeschossige Wohnblocks. Sie sehen alle irgendwie gleich eintönig und alt aus. Noch vor der Wende hat die DDR diese Hochhaussiedlung mit den typischen Plattenbauten fertiggestellt.

Hier sollte möglichst viel bezahlbarer Wohnraum entstehen. Diesen Fehler, derartige Wohnsilos auf der grünen Wiese zu bauen, haben auch viele Großstädte in Westdeutschland gemacht.

So sind in einigen Stadtvierteln richtige Ghettos entstanden, in denen jetzt überwiegend sozial schwache Familien wohnen.

Halle-Neustadt gilt bei der Stadtverwaltung und der Polizei als sozialer Brennpunkt. Viele Bewohner sind arbeitslos oder haben nur vorrübergehend einen Job. Dazu kommen bei vielen private Probleme. Gerade hier geschehen immer wieder Straftaten. Die Polizei kennt diesen Stadtteil nur zu gut.

Natürlich leben hier auch Bürger, die ein normales, ruhiges und sicheres Leben führen wollen.

Es fallen aber immer _die_ Menschen auf, die nicht dieses bürgerliche Leben kennen.

Im Bereich Hochbau hat die Firma Wolle in Münster schon viele Aufträge zur Neugestaltung des ehemaligen Kasernengeländes durchgeführt. Da ist die Firma an der

Planung und Umgestaltung der Gebäude und auch an der Neugestaltung der Straßen und Grünflächen beteiligt.

Reiner traut sich zu, mit einigen Arbeitern aus Münster und den Leiharbeitern die bauliche Renovierung der Wohnungen und Außenanlagen in Halle-Neustadt soweit durchzuführen, dass die Fachfirmen für die Installation, die Fenster und Türen und die Malerarbeiten die Wohnungen sanieren können..

Der Auftrag umfasst im Wesentlichen die Kernsanierung von ganzen Gebäuden.

Sein Vater Herbert Wolle hat drei Arbeiter in Münster überreden können, für ein paar Monate, etwa bis Weihnachten, diese Arbeiten in Halle zu unterstützen.

Inzwischen hat Reiner Wolle von Leihfirmen etwa zehn Arbeiter angeworben. Darunter sind auch Männer aus Polen und Rumänien, die einigermaßen gut Deutsch sprechen oder zumindest Deutsch verstehen.

Der Vorarbeiter Anton Kruse leitet die eigenen Arbeiter und die Leiharbeiter aus Halle und Leipzig. Die Leiharbeiter sind in einfachen Wohnungen in alten Wohnblöcken der Leihfirmen untergebracht.

Anfang Oktober beginnen die Arbeiten in Halle-Neustadt. Reiner hat die notwendigen Maschinen, Geräte und Werkzeuge angemietet.

Anton Kruse, der Straßenmeister und Vorarbeiter ist ein guter Arbeiter und kann ordentlich zupacken.

Das Gleiche erwartet er auch von seinen Arbeitern. Aber gleich zu Beginn der Arbeiten in der Neustadt treten die ersten Spannungen auf.

Die drei Arbeiter aus Münster haben schon oft Arbeiten dieser Art ausgeführt. Sie kennen die Arbeitsabläufe und arbeiten effektiv Hand in Hand.

Einigen der Leiharbeiter gefällt es nicht, dass die Stammarbeiter mitbestimmen, was sie zu tun und zu lassen haben. Besonders renitent sind Karel und Vladimir, ein Pole und ein Rumäne.

Sie führen sich jetzt schon so auf, als wenn <u>sie</u> den Arbeitstakt ihrer Landsleute bestimmen.

Sie können und wollen nicht ständig die Anweisungen der anderen befolgen und sich nicht ständig dem Vorarbeiter Anton Kruse unterordnen.

Das ist natürlich bei der Zusammenarbeit auf einer Baustelle nicht anders möglich.

Es kann nicht jeder das tun, zu was er gerade Lust hat oder was er im Moment für wichtiger hält.

Die Aufsicht und die Verantwortung hat der Vorarbeiter. Jeder kann auf Dinge hinweisen, die seiner Meinung nicht in Ordnung sind. Die Entscheidung liegt beim Vorarbeiter oder bei dem Ingenieur Paul Weber oder bei dem Chef Reiner Wolle.

Reiner hat inzwischen natürlich bemerkt, dass es auf der Baustelle Spannungen und Missverständnisse gibt. Er bestellt Anton Kruse zu sich ins Büro:

„Läuft in der Neustadt alles nach Plan oder gibt es Schwierigkeiten?"

„Im Großen und Ganzen laufen die Arbeiten."

„Klappt das mit den Arbeitern der Leihfirma?"

„Die meisten sind willig und arbeiten gut. Da habe ich kaum Schwierigkeiten."

„Aber?"

„Zwei von ihnen schießen immer wieder quer. Karel und Vladimir versuchen immer wieder, meine Anweisungen zu umgehen. Ein paar Mal habe ich ihre Arbeiten nicht akzeptiert. Dann mussten sie es noch einmal machen aber ohne Lohn. Schließlich erwarte ich ordentliche Arbeit."

„Soll ich etwas unternehmen?" fragt Reiner.

„Noch nicht. Ich guck mir das noch ein paar Tage an. Wenn sich das nicht ändert, müssen wir die beiden wegschicken. Allerdings tritt Vladimir offiziell als Chef eines fiktiven Subunternehmens auf. Das muss dann einer der anderen Leiharbeiter machen."

„Sind Sie sicher, dass die anderen dann weiter arbeiten?"

„Ja, das glaube ich schon. Die arbeiten ruhig und willig und brauchen das Geld. Die Arbeit in den Wohnungen ist für sie besser, als irgendwo draußen im Regen zu arbeiten. Außerdem haben sie einen trockenen Arbeitsplatz jetzt im Oktober zum Winterbeginn."

„OK. Dann sagen Sie mir rechtzeitig Bescheid, wenn ich wegen Karel und Vladimir etwas unternehmen soll."

Reiner Wolle ist zufrieden, dass er die Zweigstelle hier in Halle jetzt im Griff hat und dass er Aufträge und Einkünfte hat.

Auf jeden Fall will er mit Walter Kirchhoff weiterhin engen Kontakt halten. Schließlich will er für seine Firma vor allem Aufträge im Straßenbau bekommen. Dafür braucht er den engen Kontakt mit Walter.

Immerhin ist Walter jetzt Abteilungsleiter beim Tiefbauamt der Stadt Halle. Wie in Münster will Reiner hier nach bewährtem Muster nachhelfen, Aufträge von der Stadt zu bekommen.

Da passiert eines Tages ein schreckliches Unglück.

Als Reiner Wolle am Montag, dem 12. Oktober, morgens um acht Uhr zur Firma fährt, steht dort ein Polizeiwagen.

Er ist zuerst etwas erstaunt. Was will die Polizei auf seinem Firmengelände?

Sein Bauleiter Paul Weber und Anne Wrede, seine Sekretärin erwarten ihn schon:

„In Ihrem Büro warten zwei Polizeibeamte."

Reiner fragt sofort:

„Und was wollen die von mir?"

„Das wollen sie Ihnen selbst sagen."

Reiner geht in sein Büro, stellt sich vor und begrüßt die beiden.

Die Frau gibt Reiner die Hand: „Ich bin Hauptkommissarin Helga Hoffmann von der Polizeidirektion in Halle und das ist mein Kollege Kommissar Otto Kerner."

Reiner schätzt Helga Hoffmann auf etwa 40 Jahre. Sie ist ein sportlicher Typ mit schwarzer Kurzhaarfrisur in mittelblauen Jeans mit passender Jeansjacke. Sie wirkt sehr selbstsicher und kompetent. Eine Frau, die weiß, was sie will.

Ihr Kollege Otto Kerner ist jünger als Frau Hoffmann. Er ist blond und etwa gleich groß wie sie. Es sieht so aus, als wenn sie als Team schon länger zusammen arbeiten.

„Um was geht's? Ist was passiert?"

„Ist bei Ihnen in der Firma Herr Anton Kruse beschäftigt?"

„Ja, das ist mein Straßenmeister und Leiter des Bautrupps in der Neustadt. Was ist mit ihm?"

„Er ist heute Morgen tot in Halle-Neustadt gefunden worden."

„Was ist denn passiert?"

Offensichtlich ist er heute Nacht von einem Balkon gestürzt und beim Aufprall gestorben."

„Das ist ja schrecklich. Wo genau ist er vom Balkon gefallen?"

„Es ist am Hochhaus auf der Andalusierstraße Nr. 4 passiert. Um fünf Uhr morgens hat der Zeitungsbote gemeldet, dass dort auf dem Gehweg ein Mann liegt. Wir sind sofort dorthin gefahren. Wir mussten aber feststellen, dass der Mann schon mehrere Stunden tot war.

Er muss abends oder in der Nacht aus einem Fenster oder vom Balkon gefallen sein."

„Haben Sie schon eine Ahnung, wie das passiert ist?"

„Nein, die Nachbarn in dem Haus haben wohl nichts bemerkt und konnten uns bisher nicht helfen. Die Leute in diesem Hochhaus kennen oft nicht einmal ihre direkten Nachbarn. Sie leben fast anonym Tür an Tür."

„Können Sie, Herr Wolle, bestätigen, dass Herr Kruse dort eine Wohnung hat?"

„Ja sicher. Er wohnt dort in der 6. Etage. Soviel ich weiß, wohnt er dort allein. Er ist schon seit ein paar Jahren geschieden."

„Hat er neu geheiratet oder jemanden bei sich in der Wohnung?"

„Nein, ich sagte doch, dass er meines Wissens allein lebt."

„Hat er Angehörige oder Kinder, die wir benachrichtigen können?"

„Ich glaube, er hat eine Tochter. Aber das kann Ihnen Frau Wrede, meine Sekretärin genau sagen. Sie hat die Personalakte. In der müsste es stehen."

„Ist Ihnen in der letzten Zeit irgendetwas bei Herrn Kruse aufgefallen? War er bedrückt oder anders als sonst? Hatte er Probleme?"

„Nein, er hat seine Arbeit wie immer pünktlich und sorgfältig erledigt. Es gab an der Baustelle schon mal die üblichen Querelen mit den Arbeitern. Aber das ist bei der Arbeit auf dem Bau normal. Besondere Schwierigkeiten sind mir nicht bekannt."

Frau Helga Hoffmann von der Polizeidirektion in Halle und ihr Kollege Kommissar Otto Kerner bedanken sich und fahren zurück zum Unfallort, zur Andalusierstraße in der Neustadt.

Die Kollegen haben die Stelle immer noch abgesperrt. Der Tote ist inzwischen zur Gerichtsmedizin abtransportiert worden. Besondere Spuren außer dem Blut des Toten sind auf dem Gehweg nicht erkennbar. Die Spurensicherung nimmt Proben mit.

Die Polizei muss auf jeden Fall ermitteln, solange nicht feststeht, ob es sich hier um einen Unfall, einen Suizid oder sogar um einen Mord handelt.

Die beiden Ermittler holen den Hausmeister und bitten ihn, die Tür der Wohnung von Anton Kruse in der 6. Etage zu öffnen.

Die Wohnung ist bescheiden eingerichtet. Sie finden keinen Hinweis darauf, dass Anton Kruse hier zu Schaden gekommen ist. An der Spüle stehen drei leere Bierflaschen.

Sie nehmen die drei Flaschen in Plastiktüten mit. Das Labor der KTU soll von allen drei Flaschen die Fingerabdrücke und die Speichelspuren für eine DNA feststellen und sichern.

Dann kommen die Mitarbeiter der Spurensicherung. Sie untersuchen und fotografieren die Wohnung und nehmen wie gewohnt von den Möbeln, den Fenstergriffen und vor allem von der Tür zum Balkon Fingerabdrücke.

Die Beamten durchsuchen die Wohnung. Vielleicht finden sie doch noch irgendeinen Hinweis darauf, warum Herr Kruse auf die Straße gestürzt ist. Nach einer Stunde vergeblicher Arbeit in der Wohnung gehen sie und versiegeln die Wohnungstür.

Sie benachrichtigen als nächstes die Tochter Nadine in Leipzig. Die Adresse haben sie in der Wohnung von Anton Kruse gefunden.

Als Nadine von der Polizei erfährt, dass ihr Vater in seiner Wohnung vom Balkon gestürzt ist, bricht sie am Telefon sofort in Tränen aus:

„Wie ist das passiert? War er allein oder hatte er andere Leute in der Wohnung?"

Frau Hoffmann versucht, sie etwas zu beruhigen:

„Wir beginnen gerade erst mit den Ermittlungen. Noch können wir Ihnen nichts Konkretes sagen.

Leben sie allein in Leipzig oder bei Ihrer Mutter?"

„Nein, ich lebe allein. Meine Eltern sind schon lange geschieden. Ich habe nur zu meinem Vater Kontakt. Ich weiß nicht einmal, wo meine Mutter lebt. Damals wollte sie allein nach Namibia auswandern. Ich glaube, dass sie immer noch dort lebt."

„Dann können Sie ihrer Mutter nicht einmal mitteilen, dass ihr Ex-Mann gestorben ist?

„Nein."

„Wir werden Sie zum Tod Ihres Vaters befragen müssen. Geben Sie uns bitte Ihre Adresse in Leipzig.

Außerdem haben Sie als einzige Verwandte die Aufgabe, Ihren Vater in der Gerichtsmedizin zu identifizieren und sich um die Beerdigung zu kümmern, sobald die Leiche Ihres Vaters freigegeben ist.

 Wenn Sie uns irgendwelche Angaben zu Tod Ihres Vaters machen können, informieren Sie uns. Rufen Sie uns an, wenn Sie meinen, etwas zu wissen, auch wenn es für Sie unwichtig erscheint. Wir brauchen jeden Hinweis."

„Ich kann Ihnen wahrscheinlich kaum helfen. Von dem Leben meines Vaters und davon, ob er Bekannte hatte, habe ich keine Ahnung. Soviel Kontakt hatte ich nicht zu meinem Vater. Er war oft sehr still und verschlossen seitdem er geschieden ist."

In der Firma Wolle sind alle noch ziemlich betroffen. Anton Kruse war zwar ein wenig verschlossen, hatte aber seine Arbeit als Meister voll im Griff.

Er stellte an sich selbst hohe Anforderungen. Das gleiche erwartete er auch von den Arbeitern, die ihm unterstellt waren.

Bei den Arbeiten zur Renovierung der Wohnungen in der Neustadt ergaben sich immer wieder Reibereien mit den Arbeitern der Leihfirma.

Reiner Wolle erinnert sich, dass Anton Kruse ihm auf Nachfrage vor ein paar Tagen geantwortet hat:

„Zwei von den Leiharbeitern, Karel und Vladimir, versuchen immer wieder, meine Anweisungen zu umgehen."

Er ist sich nicht sicher, ob er das der Polizei sagen soll. Das kommt auf allen Baustellen schon mal vor. Deswegen gibt es keinen Streit, der zu einem Mord führt.

Im Moment kommt die Polizei in dem Fall „Todessturz von Anton Kruse" nicht weiter. Die Ermittlungen stecken in der Sackgasse.

Um den Grund für den Sturz aufzuklären, wird es für sie notwendig, mehr über das Privatleben des Toten zu erfahren.

In den nächsten Tagen befragen sie noch einmal die Nachbarn von Anton Kruse, ob jemand am Abend oder in der Nacht zum 12. Oktober Lärm oder einen Streit oder irgendetwas Auffälliges bemerkt hat.

Dabei erfahren sie, dass vier Männer aus Polen und Rumänien, die als Leiharbeiter arbeiten, im gleichen Wohnblock auf der Andalusierstraße Nr. 6 von ihrer Verleihfirma eine gemeinsame Wohnung bekommen haben und dort wohnen.

Es sind Karel, Vladimir, Serge und Miroslav. Alle vier sind als Leiharbeiter zurzeit bei der Firma Wolle im Einsatz und wohnen in einer einfachen 2-Zimmer-Wohnung.

Hauptkommissarin Frau Hoffmann und ihr Kollege Kommissar Otto Kerner sehen hier einen neuen Ansatz, mehr über den Tod von Anton Kruse zu erfahren.

Frau Hoffmann ruft Reiner Wolle an und bittet ihn, ihr die derzeitige Arbeitsstelle der Leiharbeiter mitzuteilen.

Mit ihrem Kollegen Kommissar Kerner fährt sie sofort dorthin.

Sie treffen an der Baustelle mehrere Arbeiter in den verschiedenen Bereichen der alten Wohnungen, die komplett entkernt werden. Im ganzen Haus ist es staubig und dreckig. Die beiden Ermittler fragen einen der Arbeiter:

„Wir suchen vier Arbeiter und zwar, einen Karel, einen Vladimir, den Serge und Miroslav."

„Die arbeiten oben in den Wohnungen in der vierten und fünften Etage."

Die beiden Polizeibeamten zeigen ihre Dienstausweise und bitten den Mann, die vier Arbeiter zu holen:

„Wir sind von der Polizei und haben nur ein paar Fragen an die Vier."

Der Arbeiter geht nach oben. Ein paar Minuten später kommen sie nach draußen vor die Tür.

„Guten Tag", sagt die Hauptkommissarin und zeigt auch ihnen ihren Dienstausweis. „Das ist mein Kollege Kommissar Kerner. Sie können sich denken, warum wir hier sind? Wir ermitteln im Todesfall von Anton Kruse."

„Damit haben wir nichts zu tun", sagt Vladimir sofort.

„Wir möchten von Ihnen auch nur einige Aussagen. Vielleicht können Sie uns bei den Ermittlungen helfen. Wir wissen, dass Herr Kruse ihr Vorarbeiter war und dass Sie im gleichen Wohnblock im Nachbareingang Nr.6 wohnen."

„Ja, das stimmt. Aber da wohnen noch jede Menge andere Leute. Wir wissen nichts."

„Ich schlage vor. Sie Vier kommen morgen um 8.00 Uhr zum Büro Ihrer Firma. Dann können wir Sie in Ruhe befragen. Hier auf der Baustelle bringt das nichts. Ich sage Herrn Wolle Bescheid."

Am nächsten Morgen kommen die vier Arbeiter um 8.00 Uhr zur Firma.

Die beiden Ermittler von der Polizei haben schon mit Reiner Wolle über den Fall gesprochen. Die Beamten wissen jetzt, dass vor allem Karel und Vladimir bei der Arbeit häufiger Streit mit Anton Kruse hatten.

Frau Hoffmann fragt die beiden direkt: „Herr Kruse hat sich bei seinem Chef, Herrn Wolle, beklagt, dass er mit Ihnen Schwierigkeiten auf den Baustellen hat. Es gab wohl öfter mal Streit?"

„Herr Kruse hat uns oft von oben herab behandelt, so als wenn er was Besseres wäre. Wahrscheinlich weil wir Ausländer sind."

„Hatten nur Sie beide diesen Eindruck oder war das auch bei den anderen Arbeitern der Leihfirma so?"

„Die anderen haben immer den Mund gehalten. Sind doch froh, dass sie Arbeit haben."

„Sie Vier wohnen doch im gleichen Block nur einen Eingang weiter. Ist Ihnen wirklich gar nichts im Nebenhaus in der 6. Etage am Abend des 12. Oktober aufgefallen?"

„Nein"

„Wo waren Sie Vier an dem Abend?"

„Wir waren nach der Arbeit in unserer Wohnung und haben gegessen."

„Um wie viel Uhr war das?"

„Um 17.00 Uhr war Feierabend. Wir haben bis halb sieben zu Hause gegessen und geredet. Danach sind wir in die Kneipe "Saaleschenke" ein paar Häuser weiter gegangen. Dort treffen wir uns fast jeden Abend mit die anderen Kollegen aus den anderen Unterkünften."

„Sind da nur Polen, Rumänen und andere Gastarbeiter?" fragt Herr Kerner.

„Ja, eigentlich schon. Ganz selten ist auch mal ein deutscher Kollege dabei."

„Wie lange sind Sie an dem Abend dort geblieben?"

„Wie immer gehen wir spätestens halb elf nach Hause. Wir müssen früh aufstehen und die Arbeit ist schwer."

Frau Hoffmann hakt noch einmal nach:

„Und Ihnen ist im oder am Nebenhaus Nr.4 wirklich nichts aufgefallen? Lag da vielleicht irgendetwas auf dem Gehweg? Gab es in der 6. Etage auf dem Balkon Lärm oder Stimmen?"

„Nein, wirklich nicht."

„Ja, das ist erst einmal alles. Wenn Ihnen noch etwas einfällt, sagen Sie es uns sofort. Alles kann wichtig sein, " sagt Frau Hoffmann und ergänzt:.

„Auch wenn ich Sie nur als Zeugen befrage, muss ich doch von Ihnen wissen: Wer kann Ihre Angaben für den Abend des 12. Oktober bestätigen?"

„Wir vier und alle, die abends in der Kneipe waren", sagt Karel.

Die Arbeiter fahren zu ihrer Baustelle.

Frau Hoffmann und Herr Kerner bedanken sich bei Reiner Wolle und verabschieden sich: „Das war nicht viel. Wir treten immer noch auf der Stelle. Wenn es ein Selbstmord war, gibt es nicht viel zu ermitteln. Dann wären höchstens noch die Hintergründe dafür von Interesse. Aber noch kann ein Unfall oder Mord nicht ausgeschlossen werden."

Kapitel 8

Walter Kirchhoff hat sich inzwischen im Tiefbauamt der Stadt Halle gut eingelebt. Neben seiner beruflichen Tätigkeit als Abteilungsleiter im Straßenbau hat er verschiedene zusätzliche Posten angenommen.

Er ist Parteimitglied in der SPD und tätig in verschiedenen Ausschüssen. Außerdem ist er an leitender Stelle tätig bei der Wohnbau GmbH.

Bei dem örtlichen Sportverein „Haller FC" ist er inzwischen in den Vorstand gewählt worden.

Seine Abende sind dadurch ziemlich ausgefüllt. Langeweile kennt er nicht.

Inzwischen beginnt bald das neue Jahr. Er ist das Alleinsein in seinem möblierten Zimmer und die regelmäßige Fahrerei nach Münster ziemlich leid.

Zuerst will er im Januar in Münster einen Makler beauftragen, den Marktwert seines Einfamilienhauses in Münster-Roxel zu ermitteln.

Er bittet den Makler Hamann aus Münster, den Wert seines Hauses zu ermitteln und einen Käufer zu suchen. Herr Hamann kommt an dem vereinbarten Wochenende, an dem Walter in Münster ist, zur Familie Kirchhoff.

„Guten Tag", begrüßt Herr Hamann Erika und Walter Kirchhoff. „Dieses Haus wollen Sie also verkaufen?"

„Ja, ich habe schon seit Oktober eine Stelle in Halle an der Saale. Ich möchte jetzt endlich meine Familie dorthin holen und dort wieder ein Einfamilienhaus etwa gleich groß wie dieses kaufen."

„Wann ist dieses Haus gebaut worden?"

„Das Haus ist Baujahr 1969. Es hat 194 m² Wohnfläche. Am besten ist es, Sie gucken sich die Räume an und verschaffen sich selbst einen Eindruck."

Sie gehen zusammen durch das ganze Haus in jeden Raum. Herr Hamann macht sich dabei immer wieder ein paar Notizen.

Das Haus hat für jedes Kind ein Zimmer von jeweils etwa 14 bis 16 m². Dazu das Elternschlafzimmer, ein großes Wohnzimmer von etwa 30 m², ein Esszimmer, die Küche und drei Bäder.

„Sie haben hier ein sehr großes Haus mit vielen Räumen und einen großen Garten. In den Unterlagen habe ich gesehen, dass das Grundstück 740 m² groß ist", sagt Herr Homann.

„Was glauben Sie als Fachmann", fragt Walter, „wie viel ist das Haus wert?"

„Es ist voll unterkellert. So wie ich das gesehen habe, sind die Fußböden und die Fußbodenheizung im gesamten Erdgeschoss in Ordnung. Ich meine, dass Sie für dieses Haus in dieser Wohnlage 650.000 DM verlangen können."

„Zu welchem Zeitpunkt würde es frei? Wann wollen Sie nach Halle umziehen?"

Walter überlegt: "Das hängt davon ab, wie schnell wir in Halle ein passendes Haus für unsere große Familie finden.

Grundsätzlich möchte ich so schnell wie möglich umziehen in ein neues Haus in Halle."

Erika gibt zu bedenken:

„Du musst aber auch daran denken, dass unsere Kinder bei einem Umzug nach Halle die Schulen wechseln müssen."

„Das ist mir klar. Da werden sie sich wohl anpassen und in Halle eingewöhnen müssen. Das wird schon klappen. Darauf kann ich keine Rücksicht nehmen. Wer verdient denn das Geld, von dem die ganze Familie lebt?"

Herr Hamann fragt:

„Wie verbleiben wir? Soll ich dieses Haus zum Verkauf anbieten?"

„Ja."

„Dann kommt morgen jemand aus der Firma vorbei, macht ein paar Fotos und notiert alle wichtigen Daten. Ich kann mich dann verabschieden. Vielen Dank für den Auftrag. Ich hoffe, dass ich bald die ersten Nachfragen bekomme. Wohnungen und Häuser sind in Münster Mangelware und heiß begehrt. Ich melde mich. Auf Wiedersehen."

Als ihre Kinder abends davon erfahren, dass das Haus verkauft wird und ein Umzug nach Halle bald bevorsteht, sind alle vier ziemlich bedrückt.

Nur Markus denkt mit seinen 13 Jahren schon an seine Berufsausbildung und meint: „Vielleicht wird ja in Halle nicht alles so schlimm, wie wir jetzt denken. Ich will auf jeden Fall studieren. Wahrscheinlich Ingenieurwissenschaften. Ich kann mir vorstellen, in den neuen Bundesländern eher einen Studienplatz zu bekommen als in Münster."

Carola ist ganz still und verschlossen. Sie ist ganz blass im Gesicht. Ihre Mutter kennt das und denkt: „Sie ist gerade erst in der Pubertät. Da reagiert der Körper schon mal so. Wahrscheinlich bekommt sie ihre Tage"

Charlotte, mit 8 Jahren die jüngste, kommen die Tränen: „Dann habe ich keine Freundinnen mehr."

„Ach Charlotte", sagt ihre Mutter, „du lernst in Halle bestimmt ganz schnell neue Freundinnen kennen. Außerdem kann dich deine Freundin aus Münster in den Ferien in Halle besuchen. Dann zeigst du ihr unser neues Haus."

Claudia, die älteste, wird sofort richtig wütend:

„Ich habe ja gleich gesagt als Vater nach Halle ging, dass wir alle dahin umziehen müssen. Ich will aber in Münster bleiben. Hier habe ich meine Freunde. Ich will auch hier in der Schule bleiben. Zieht doch nach Halle. Ich bleibe hier."

„Und wo willst du mit deinen 15 Jahren wohnen?"

„Ich kann bei meiner Freundin Nadja wohnen. Die haben zu Hause Platz genug und ihre Eltern mögen mich leiden."

„Du weißt genau, dass das nicht geht. Solange du nicht 18 bist, sind wir für dich verantwortlich. Also kommst du mit uns nach Halle", sagt ihre Mutter.

Claudia steht wütend auf: „Das wollen wir mal sehen!!"

Laut knallt sie die Tür hinter sich zu, als sie in ihr Zimmer rennt.

Als Erika und Walter abends allein im Schlafzimmer sind, reden sie natürlich darüber:

„Da wird es noch viel Ärger mit unseren Kindern geben. Die können sich mit dieser großen Veränderung nicht ohne Weiteres abfinden", gibt Erika zu bedenken.

Walter ist sauer: „Seit September letzten Jahres wissen alle, dass ich in Halle Abteilungsleiter geworden bin und mehr Geld verdiene. Es ist <u>mein</u> Leben und <u>meine</u> Karriere. Jetzt werden wir alle zusammen dorthin umziehen in ein hoffentlich schönes Haus.

Die Kinder müssen das akzeptieren und sich in Halle neue Freunde suchen. Gute Schulen gibt es auch dort. Ich will darüber nicht mehr diskutieren."

Erika ist gewohnt, die Entscheidungen von Walter hinzunehmen. Sie ist Hausfrau und Mutter. Walter sorgt für die Familie und kommt für alle Kosten auf. Außerdem ist sie stolz, wenn er im Beruf weiterkommt und eine gute Position hat.

Das war bei ihren Eltern schon so. Sie ist es gewohnt und nicht in der Lage, Walter umzustimmen und mit ihm wegen der Kinder nach einer anderen Lösung zu suchen.

Wenn sie ihren Beruf weiter ausgeübt hätte und für die Zeit der Schwangerschaften ausgesetzt hätte, würde sie für Walter eine gleichberechtigte Partnerin sein. Wie andere Ehepaare in ihrer Bekanntschaft hätte sie mit Walter auch im beruflichen Bereich Entscheidungen zusammen getroffen.

Natürlich müssen Familien mit Kindern viel mehr im Haushalt organisieren und eine Haushaltshilfe einstellen, wenn beide Eltern berufstätig sind. Aber das wollte Erika nie und das kann sie sich nicht vorstellen. So ist sie gewohnt, sich unterzuordnen.

Walter wechselt das Thema:

„Wenn wir für dieses Haus 650.000 DM bekommen würden, wäre das ja traumhaft. Aber in der Regel handeln Käufer den Preis noch nach unten.

Wir dürfen auf keinen Fall darüber reden, dass wir hier so schrecklich egoistische Nachbarn haben. Mal mäht einer in der Mittagszeit den Rasen, ein anderer knallt nachts Autotüren und fast jeder macht die Gartenarbeit mit super lauten Maschinen, manchmal sogar an Feiertagen."

„Am schlimmsten sind unsere direkten Nachbarn, die Familie Zahlkamp", ergänzt Erika. „Sie machen täglich Lärm, reinigen ständig ihre Betonsteinflächen vor der Haustür und in der Garageneinfahrt mit einem Hochdruckreiniger, stundenlang und tagelang. Die könnten draußen vom Boden essen."

„Noch schlimmer finde ich", sagt Walter, „dass wir von den beiden Zahlkamp, dem Mann Adolf und seiner Frau Martha, regelmäßig schriftliche Anweisungen bekommen, welche Bäume und Büsche wir in welchen Abständen pflanzen dürfen und wann wir welche Zweige zurückschneiden müssen. Selbst einen anderen Nachbarn haben sie mit Hilfe eines Rechtsanwalts gezwungen, seine eigene noch unbebaute Wiese zu mähen.

Wenn diese Zustände ein potentieller Käufer erfährt, springt er gleich wieder ab und verzichtet darauf, unser Haus zu kaufen. Wer will schon dauerhaft einen derartigen Ärger. Es sind eben Adolf und Martha. Wie sagt Adolf immer: „Es muss doch alles seine Ordnung haben."

Erika ergänzt: „Welche Ordnung? **Seine Ordnung. Adolfs Ordnung**."

Walter fällt der bekannte Spruch ein: „Es kann der Frömmste nicht in Frieden leben, wenn es dem bösen Nachbarn nicht gefällt."

Nachdem Walter Kirchhoff in Münster den Herrn Hamann, den Makler, beauftragt hat, muss er sich nun intensiv darum kümmern, in Halle ein entsprechend großes Haus für seine 6-köpfige Familie zu finden.

Da er im Büro ziemlich viel zu tun hat, kann er sich nicht ständig darum kümmern. Er liest zwar in der Tageszeitung regelmäßig alle Angebote und hat im Internet Häuser gefunden, die zum Verkauf angeboten werden. Er überlegt aber doch, auch hier in Halle einen Makler einzuschalten.

Im örtlichen Telefonbuch findet er die Anzeige eines großen, renommierten Maklerbüros Möllemann.

Dort ruft er an, sagt der Frau am Telefon, dass er in Halle ein großes, freistehendes Einfamilienhaus sucht, und vereinbart einen Termin. Die Dame erklärt, dass bei einem solchen Objekt Herr Möllemann selbst den Kunden berät.

Am Freitagnachmittag kommt Herr Möllemann zum Gästehaus in Walters Wohnraum.

Er hat eine ganze Aktentasche dabei, voll mit Unterlagen und Fotos und stellt sich vor:

„Guten Tag, mein Name ist Möllemann. Sie sind Herr Kirchhoff?"

„Ja, guten Tag Herr Möllemann. Sie wissen, um was es geht?

Ich suche für meine große Familie ein freistehendes Einfamilienhaus in Halle. Bitte setzen Sie sich. Möchten Sie etwas zu trinken?"

„Nein, Danke. Ich habe Ihnen eine Auswahl von acht Objekten mitgebracht. Ich glaube, dass für Sie vielleicht schon das Passende dabei sein könnte."

Walter Kirchhoff wundert sich: „Gibt es in Halle so viele Häuser, die zum Verkauf angeboten werden? In Münster ist es sehr schwierig, ein passendes Haus zu finden."

„Ich kenne die Unterschiede in den Städten. Besonders schwierig ist es wohl in München, Köln oder Düsseldorf. In Münster ist es wohl auch nicht so leicht, ein Haus zu kaufen. Wie viele Zimmer soll das Haus haben?"

„Meine Frau Erika und ich haben vier Kinder im Alter von 8 bis 15 Jahren. Am besten ist es, wenn wir vier Kinderzimmer, ein Elternschlafzimmer, Ein Wohn- und Esszimmer, die Küche und mindestens zwei Bäder haben.

Unser derzeitiges Haus in Münster hat so viele Räume."

Darf ich fragen, wie viele Quadratmeter Wohnfläche Sie in Münster haben?"

„Es hat 194 m² Wohnfläche.

Die Grundstücksfläche beträgt 740 m²."

„Ich kann verstehen, dass Sie etwas Ähnliches hier in Halle wieder kaufen möchten. Sie können bei diesen Vorgaben von einem Kaufpreis von deutlich über 500.000 DM ausgehen."

„Wenn mir und meiner Familie das Haus gefällt und wir mit der Lage einverstanden sind, dann ist der Preis in Ordnung. Sie kennen ja den Markt. Haben Sie schon Vorstellungen davon, welches Haus eventuell in Frage käme?"

„Ich habe zwei Objekte, die ich für Sie in die nähere Auswahl nehmen möchte.

Das eine ist ein eineinhalb-geschossiges Haus mit einem 48 Grad-Satteldach und einem großem Garten auf dem Kirschbergweg Nr. 32 in Halle-Kröllwitz, also gar nicht so weit entfernt von hier aus."

„Das kann ich mir am Wochenende anschauen. Wie viele Quadratmeter Wohnfläche hat das Haus?"

„So etwa 200 m² Wohnfläche und 800 m² Grundstück."

„Das wäre ja schon passend."

„Das zweite Objekt liegt in Halle-Gartenstadt auf dem Immenweg 6 in der Nähe der S-Bahn-Haltestelle Halle-Nietleben. Das ist ein zweigeschossiges Haus mit einem flachen Satteldach und etwa 200 m² Wohnfläche und einem Grundstück von 850 m²."

„Das werde ich mir auch anschauen.

Haben Sie Grundrisspläne und Fotos dabei? Es wäre schön, wenn ich mir die ausleihen könnte. Ich fahre regelmäßig nach Münster. Ich möchte die Fotos und Pläne meiner Frau Erika und den Kindern zeigen. Dann haben sie schon erst einmal eine Vorstellung vom neuen Zuhause und können mitentscheiden."

„Ja, ja. Ich wollte Ihnen das ohnehin geben. Besprechen Sie alles in Ruhe. Solch ein kompletter Ortswechsel in eine neue Stadt, ein neues Haus und neue Schulen sind für Ihre Familie sicher nicht leicht."

„Ich gehe davon aus, dass wir bald eine Entscheidung haben. Beide Häuser machen so nach den Unterlagen einen guten Eindruck. Ich gucke mir das alles mit Ihnen vor Ort genau an. Schließlich bin ich vom Fach. Wenn die Häuser keine gravierenden Mängel haben, werden wir uns einig.

Ich bin ja froh, wenn dieser Zustand mit den Fahrten zwischen Münster und Halle ein Ende hat und unsere Familie wieder zusammen ist."

Herr Möllemann steht auf:

„Dann auf ein gutes Gelingen. Sie melden sich?"

„Ja", erwidert Walter Kirchhoff. „Ich schätze so in etwa zwei bis drei Wochen weiß ich mehr. Dann können wir uns beide Häuser genauer ansehen. Ich melde mich bei Ihnen.

Auf Wiedersehen."

Walter Kirchhoff nimmt am nächsten Wochenende die Unterlagen des Maklers mit nach Münster.

Er zeigt Erika die Pläne und Fotos. In solchen technischen Sachen kennt Erika sich ganz gut aus.

Das Haus in Halle-Gartenstadt auf dem Immenweg 6 gefällt ihr schon von Anfang an nicht. Es liegt zwar in der Nähe der S-Bahn-Haltestelle Halle-Nietleben. Ihr gefällt nicht, dass es ein zweigeschossiges Haus mit einem flachen Satteldach ist.

Walter und Erika haben den Stadtplan von Halle neben den Plänen der Grundrisse liegen.

„ Die Wohnsiedlung Halle-Gartenstadt liegt in unmittelbarer Nähe zu Halle-Neustadt", stellt Walter fest. „Die S-Bahn-Station Halle-Nietleben wird mit Sicherheit von vielen aus der Neustadt benutzt."

Erika sagt dazu: „ Diese S-Bahn-Linie führt ja im Süden weiträumig ganz um die Innenstadt herum. Jede Buslinie und jede Straßenbahnstrecke bringen einen ja viel direkter und schneller in die Stadt."

„Wie sieht das denn bei dem anderen Haus in Kröllwitz aus?"

„Das vom Kirschbergweg 32?"fragt Erika.

„Ja. Dieses Wohngebiet liegt weit ab von der Neustadt. Die Straßenbahnlinie Nr.7 führt vom Bahnhof und von der Innenstadt direkt dorthin. Es liegt an der vorletzten Haltestelle vor der Endstation, der Bahnwende", sagt Walter.

„Das Haus mit der eineinhalb geschossigen Bauweise gefällt mir schon von außen viel besser. Wie sieht denn der Grundriss aus? Wie viele Zimmer hat es?"

Walter faltet den Plan ganz aus:

„Neben dem Wohn- und Esszimmer ist hier die Küche. Im Erdgeschoss sind außerdem das Elternschlafzimmer und ein Bad

Im Obergeschoss mit den Dachschrägen sind aber nur drei Zimmer und ein Bad."

„Das ist für unsere vier eigentlich zu wenig", kritisiert Erika.

Aber Walter hat schon eine Lösung:

„Dieses eine Dachzimmer ist doch viel größer als die anderen beiden. Wenn ich in <u>dem</u> Zimmer die Abmauerung unten an den Dachschrägen herausnehme, ist die Wohnfläche so groß, dass ich das Zimmer in der Mitte durch eine Trennwand teilen kann. So haben wir dort zwei Zimmer. Zusammen mit den anderen beiden sind das vier Räume, für jedes Kind ein Raum."

Erika ist einverstanden. Ihr Walter kann das umbauen. Sie will ihm ohnehin nicht widersprechen.

„Die beiden kleineren Räume können ja Claudia und Carola bekommen. Sie sind zwar erst 15 und 11 Jahre alt. Aber Mädchen wollen doch ohnehin schnell heiraten und aus dem Elternhaus ausziehen. Dann gibt es wieder Platz."

Das ist ganz typisch für Walters Verhalten. Da hat er genau das ausgesprochen, was er von Mädchen und Frauen denkt. Die brauchen eigentlich keine höhere Ausbildung. Die sollen einen Mann heiraten, der eine hohe Position hat und ihnen etwas bietet.

Sein eigenes Leben hat er nach diesem Motto gestaltet. Genau deswegen kann seiner Meinung nach Erika froh sein, dass er die höhere Stelle in Halle bekommen hat.

Sein Sohn Markus soll natürlich möglichst studieren und einen guten Beruf bekommen, damit er genauso wie er es vorlebt, einer Familie etwas bieten kann.

Erika schaut sich noch einmal in Ruhe die Fotos an. „

Das Haus gefällt mir gut. Wenn das alles im Original auch so aussieht, können wir es kaufen und dort wohnen. Mir ist aufgefallen, dass am Wohnzimmer im Garten nur eine ganz kleine Fläche als Terrasse ausgebaut ist."

Walter beruhigt sie:

„Das prüfe ich genau, wenn ich in Halle mit dem Makler, Herrn Möllemann, die Kaufverhandlungen führe. Damit kann ich den Preis so weit drücken, dass wir nachträglich eine große Terrasse anlegen können und vielleicht sogar einen Wintergarten. Offensichtlich sind die Immobilienpreise in Halle wesentlich niedriger als in Münster. Von der Differenz können wir uns einiges zusätzlich leisten."

„Hier steht in den Unterlagen, dass das Haus 193 m² Wohnfläche hat. Das Grundstück ist insgesamt 795 m² groß. Das ist fast das gleiche wie unser Haus hier in Münster mit einem großen Vorteil, es hat eine Doppelgarage", sagt Erika.

„Ich denke", meint Walter, „wir sind uns einig und nehmen das Haus in Kröllwitz. Ich werde mit dem Makler sprechen und versuchen, einen Termin für die Besichtigung zu bekommen. Dann musst du mit mir oder allein nach Halle fahren."

Erika überlegt:

„Du kannst doch in Halle mit dem Makler eine erste Besichtigung des Hauses machen. Du bist Fachmann und weißt, worauf du achten musst. Dann brauche ich nur noch für die Kaufverhandlung und die Vertragsunterschrift zu kommen. Dabei kann ich mir das Haus immer noch genau ansehen."

Walter ist einverstanden: „So können wir das machen, wenn du willst. Dann bereite ich in Halle mit dem Makler alles so weit vor."

Inzwischen hat Herr Homann, der Makler in Münster, einen Käufer für das Haus in Münster-Roxel gefunden.

Er vereinbart einen Besichtigungstermin mit Erika und Walter Kirchhoff und dem Ehepaar Schulte, das das Haus in Münster kaufen will.

Nachdem sie zusammen alles begutachtet haben und das Ehepaar Schulte mit Herrn Hamann und den Kirchhoffs Details besprochen haben, einigen sie sich auf einen Kaufpreis von 620.000 DM statt der zunächst geforderten 650.000 DM.

Herr Hamann hat einen Vorvertrag vorbereitet. Er trägt diesen Kaufpreis ein. Beide Ehepaare unterschreiben ein Exemplar.

Herr Hamann ist zufrieden, dass er wieder ein Objekt vermitteln konnte, und sagt zum Schluss:

„Die Vertrags-Unterlagen schickt Ihnen in den nächsten Tagen der Notar zu. Er veranlasst auch die Grundbucheinträge. Dann bedanke ich mich bei Ihnen. Das hat gut geklappt."

Er verabschiedet sich und auch die Eheleute Schulte verabschieden sich von Erika und Walter.

„So", sagt Walter zu Erika, „das hätten wir schon geschafft.

Jetzt müssen wir noch in Halle alles klar machen und das Haus in Kröllwitz, Kirschbergweg 32, kaufen. Wahrscheinlich müssen wir es ein wenig renovieren, neue Bäder und neue Tapeten und eventuell neue Fußböden."

Erika erinnert daran: „

Die Trennwand im Dachzimmer muss ebenfalls vor dem Umzug fertig sein, damit alle ihr eigenes Zimmer haben."

„Das ist für mich selbstverständlich. Das schaffe ich mit ein oder zwei Arbeitern von Reiner Wolle an zwei Wochenenden."

Kapitel 9

Von seinem Büro aus ruft Walter Kirchhoff noch im Februar Herrn Möllemann, den Makler in Halle, an und vereinbart einen Termin:

„Meine Frau und ich haben uns Ihre Unterlagen von den beiden Häusern in Ruhe angesehen. Wir haben uns für das eineinhalb-geschossiges Haus in Halle-Kröllwitz auf dem Kirschbergweg Nr. 32 entschieden."

„Das hatte ich mir schon fast gedacht", meint Herr Möllemann.

Walter Kirchhoff und Herr Möllemann vereinbaren mit dem derzeitigen Eigentümer einen Besichtigungstermin.

Sie treffen sich am Samstag schon um 9.00 Uhr morgens, damit sie in Ruhe und bei Tageslicht das Haus und den Garten begutachten können.

Walter fragt den Eigentümer, Herrn Bäumer:

„Warum wollen Sie dieses schöne Haus verkaufen?"

„Meine Frau und ich haben drei Kinder. Die sind alle erwachsen und verheiratet. Sie leben und arbeiten in Berlin, München und Potsdam. Sie haben dort selbst ihr Eigentum.

Meine Frau ist vor einem Jahr gestorben. Jetzt bin ich hier in dem großen Haus allein. Ich will mir eine kleine Zweizimmerwohnung in Halle kaufen. Von den Kindern will niemand dieses Haus hier in Halle übernehmen. Derjenige müsste die anderen beiden ja auch auszahlen."

„Es tut mir leid, dass Ihre Frau gestorben ist und ich Sie so direkt gefragt habe. Es ist für Sie sicher nicht leicht, allein zu leben und das Haus zu verkaufen?".

Zu dritt besichtigen sie das Haus und gehen in den Keller und in alle Wohnräume. Walter guckt sich das ganze Haus genau an. Besonders achtet er auf eventuell vorhandene feuchte Stellen, auf die Heizungsanlage und den Dachausbau.

Nach fast einer Stunde gehen sie ins Wohnzimmer. Herr Bäumer bietet etwas zu trinken an:

„Sind Sie zufrieden? Sie haben ja wirklich alles ganz genau inspiziert."

Herr Möllemann nennt Walter Kirchhoff den Kaufpreis, den er mit Herrn Bäumer als Verhandlungsbasis vereinbart hat:

„Herr Bäumer ist der Meinung, dass das Haus mit der Wohnfläche von 193 m^2 und dem Grundstück mit 795 m^2 Gesamtfläche 550.000 DM wert ist."

„Ja", sagt Walter, „inzwischen kenne ich die Preise in Halle. Das ist für diese Größe und die Lage sicher angemessen.

Mir fehlt allerdings eine große Terrasse. Die jetzt vorhandene ist nur ein kleiner Bereich. Außerdem muss ich im Dachgeschoß das große Zimmer umbauen lassen, damit ich für jedes Kind einen Raum habe.

Wie alt ist das Haus?"

Herr Bäumer erwidert: „Das Haus ist Baujahr 1960."

Walter fragt weiter: „Wie alt ist die Öl-Heizung?"

„Sie ist etwa 20 Jahre alt. Das kann ich in meinen Akten nachsehen."

„Okay", sagt Walter, „dann kann man davon ausgehen, dass die Heizung keine 10 Jahre mehr funktioniert. In den Bädern muss ebenfalls einiges modernisiert werden. Wenn ich das so überschlage, werden hierfür insgesamt wohl 30.000 DM fällig. Ich frage Sie direkt: Wären Sie mit einem Kaufpreis von 515.000 DM einverstanden?"

Herr Bäumer überlegt:

„ Ich hatte natürlich mehr für mich und meine Kinder erwartet. Ich sehe aber ein, dass Sie hier noch einiges investieren müssen. Ich bin einverstanden."

Herr Möllemann erstellt von dem Ergebnis ein Protokoll. Herr Bäumer und Walter Kirchhoff unterschreiben es.

„Die Unterlagen gebe ich unserem Notar. Den Kaufvertrag bekommen Sie beide in ein oder zwei Wochen zugeschickt. Sobald Sie unterschrieben haben, erfolgt der Grundbucheintrag.

Sind Sie damit einverstanden?"

Herr Bäumer und Walter Kirchhoff geben sich die Hand:

„Das ist doch gut gelaufen?"

„Ja", erwidert Herr Bäumer. „Im Großen und Ganzen bin ich zufrieden. Mehr war wohl nicht drin."

Sie verabschieden sich.

Walter ruft sofort zu Hause in Münster an:

„Erika, das Haus gehört bald uns. Ich habe den verlangten Preis heruntergehandelt und es für 515.000 DM bekommen.

Sobald die Formalitäten hier in Halle erledigt sind, kann ich mit der Renovierung und mit dem Umbau im Dachgeschoss beginnen.

Wenn alles klappt, können wir zum Beginn der Sommerferien im Juli einziehen."

Erika freut sich:

„Ich bin stolz auf dich, weil du so etwas immer super erledigst. Ich werde unsere Vier jetzt darauf vorbereiten, dass sie im nächsten Schuljahr in Halle wohnen und zur Schule gehen. Claudia wird mit Sicherheit rebellieren.

Mehr Sorgen mache ich mir um Carola. Sie ist sehr verschlossen und isst nicht genug. Dabei wird sie immer dünner und schwächer. Wenn das nicht besser wird, müssen wir mit ihr zum Arzt oder Psychiater gehen. Da stimmt was nicht."

„Wenn ich am Wochenende in Münster bin, können wir das in Ruhe besprechen.

Hier muss ich mich jetzt verstärkt um meinen Job kümmern und um die vielen anderen Termine und Posten, die ich habe.

Tschüss für heute und grüße die Kinder."

Inzwischen ermittelt die Polizei in der Sache „Todessturz des Anton Kruse" weiter.

Hauptkommissarin Helga Hoffmann überlegt:

„Wenn der Sturz kein Unfall ist und es sich um einen Mord handelt, müssen wir das Umfeld von Anton Kruse noch weiter durchleuchten. Wir wissen viel zu wenig über die Nachbarn und über die Arbeiter im Nebenhaus."

Kommissar Otto Kerner grübelt:

„Wenn es ein Fremdverschulden gibt, müssen wir die oder den Täter im persönlichen Umfeld suchen. In der Regel ist solch ein Mord eine Beziehungstat."

„Haben wir von den leeren Bierflaschen die DNA und die Fingerabdrücke?" fragt Helga Hoffmann.

„ Ja. Der Tote hat vorher nur aus einer Flasche getrunken. Aber aus den anderen beiden Flaschen haben zwei verschiedene Personen getrunken."

„Dann war Anton Kruse vor seinem Tod mit zwei verschiedenen Personen zusammen, die Bier getrunken haben."

„Wir brauchen die Fingerabdrücke von den vier Arbeitern und auch Speichelproben für den DNA-Abgleich."

„Von den vier Arbeitern wären dann aber nur zwei bei Anton Kruse gewesen oder es haben nur zwei Bier getrunken. Das ist alles möglich."

„Wir müssen die vier Arbeiter vorladen für einen Speicheltest und für die Abgabe ihrer Fingerabdrücke."

„Ich erledige das", sagt Kommissar Kerner.

Ein paar Tage später liegen die Untersuchungsergebnisse der vier Arbeiter vor.

Otto Kerner ist enttäuscht:

„Werder die DNA-Analyse noch die Fingerabdrücke auf den Bierflaschen stimmen mit denen der vier Arbeiter überein."

Helga Hoffmann meint nur:

„Das wäre ja auch zu schön gewesen. Das heißt aber nur, dass keiner von ihnen aus diesen Flaschen Bier getrunken hat. Aber jeder von Ihnen hätte ein Motiv, Anton Kruse zu bedrohen. "

„Du hast Recht", sagt Otto, „die vier können trotzdem an dem Abend in der Wohnung bei Anton Kruse gewesen sein. Ich überprüfe in der Kneipe, der Saaleschänke, das Alibi der Vier. Was haben sie ausgesagt? Von wann bis wann sind sie dort gewesen?"

Helga Hoffmann schaut in die Akte:

„Hier steht: von 17.00 bis 22.30 Uhr."

„Danach können sie ja noch Anton Kruse getroffen haben und mit ihm in seine Wohnung gegangen sein."

„Das könnte so gewesen sein. Wir müssen von ihnen genau wissen, ob sie danach sofort in ihre Wohnung gegangen sind oder ob sie alle vier oder nur einer von ihnen noch mit Anton Kruse in dessen Wohnung war."

„Ich werde sie vorladen und nochmal befragen", sagt Helga Hoffmann. „Kannst du zu den direkten Wohnungsnachbarn von Anton Kruse gehen und sie nochmal fragen, ob sie an dem Abend oder nachts etwas gehört haben?"

„Ja, kein Problem. Vielleicht hat doch jemand etwas gehört."

Ein paar Tage später geht Kommissar Kerner gegen 17.00 Uhr noch einmal in das Haus, in dem Anton Kruse wohnte.

Er hat sich viel vorgenommen. In dem Haus Nr. 4 wohnen 16 Mietparteien. Er will alle befragen. Wenn Anton Kruse an seinem Todestag, dem 12. Oktober, nicht allein war, muss das doch jemand in dem Haus bemerkt haben.

An diesem Abend hat er keinen Erfolg. Von denen, die er antrifft, hat niemand etwas gesehen und gehört, wie schon bei der ersten Befragung.

Am nächsten Morgen geht er schon um 10.00 Uhr in das Haus.

Im ersten Stockwerk links öffnet ihm Frau Bach. Sie ist nach seiner Einschätzung mindestens 80 Jahre alt und wohnt hier allein. Sie ist geistig rege und wirkt gesundheitlich ganz fit. Offensichtlich ist sie fast die einzige, die in diesem Haus vieles mitbekommt.

Auf die Fragen vom Kommissar Kerner sagt sie:

„Haben sie schon die Königs in der fünften Etage gefragt? Vielleicht weiß Frau König etwas. Sie ist – eh – war wohl mit Herrn Kruse befreundet. Sie ist oft bei ihm in der Wohnung gewesen."

Otto Kerner ist für diesen Hinweis dankbar:

„Bisher habe ich Frau König nicht angetroffen. Aber ich bedanke mich bei Ihnen für den Hinweis."

Abends gegen 20.00 Uhr schellt der Kommissar in der fünften Etage bei dem Ehepaar König.

Herr König öffnet. Der Kommissar stellt sich vor:

„Guten Abend. Sie sind Herr König?"

„Ja."

„Ich bin Kommissar Kerner von der Polizei. Ich habe ein paar Fragen an Sie und Ihre Frau. Darf ich hereinkommen?"

„Ja, bitte schön."

Der Kommissar begrüßt im Wohnzimmer Frau König: „Bitte setzen Sie sich. Um was geht's?"

„Es geht um den Tod ihres Nachbarn, Herrn Anton Kruse. Wie Sie wissen, ist er am 12. Oktober von seinem Balkon gestürzt und gestorben. Wir haben bisher keine Hinweise auf ein Fremdverschulden. Damit wir Klarheit bekommen, befragen wir seine Kollegen und alle Nachbarn.

Nach unseren Ermittlungen hatten Sie Kontakt zu Herrn Kruse."

„Kontakt ist gut", sagt Herr König. Meine Frau war mit ihm befreundet."

„Nun hör aber auf, Alfred. Wir kannten ihn doch beide sehr gut und fanden ihn ganz nett."

Herr Kerner beruhigt: „Mir geht es nur darum:

Haben Sie Anton Kruse am Abend des 12. Oktober in seiner Wohnung besucht?"

„Anne, du warst soviel ich weiß abends bei ihm. Als ich um 10 Uhr nach Hause kam, habe ich dich in unserer Wohnung gesucht. Du warst nicht hier. Ich bin dann zu Anton Kruse gegangen, um dich wie so oft dort zu treffen und nach Hause zu holen."

„Wir haben uns doch nur ein bisschen unterhalten. Du kommst ja immer so spät nach Hause, und wenn ich dann bei Anton bin, bist immer gleich so eifersüchtig."

„War das auch an diesem Abend so?" will Otto Kerner wissen.

„Ja, das kann schon sein", antwortet Alfred, „aber mit dem Todessturz vom Balkon haben wir nichts zu tun."

„Wie lange waren sie bei Anton Kruse?"

„Höchstens eine Stunde."

Anne König fügt schnell hinzu:

„Alfred war erst ziemlich sauer auf mich. Ich habe ihn beruhigt. Es gibt überhaupt keinen Grund für ihn, eifersüchtig zu sein.

Du hast dich schnell beruhigt, stimmt's Alfred, und wir haben zusammen mit Anton noch etwa eine Stunde zusammen gesessen und eine Flasche Bier getrunken."

Kommissar Kerner fragt weiter:

„Als Sie etwa um 23.00 Uhr gingen, ist Ihnen da etwas aufgefallen? Erwartete Herr Kruse noch nächtlichen Besuch oder war er unruhig?"

„Nein. Ich glaube er wollte schlafen gehen. Er muss ja morgens früh zur Baustelle."

„Ich danke Ihnen für die Angaben. Wir haben die leeren Bierflaschen kriminaltechnisch untersucht. Wir können Ihre Angaben überprüfen. Wenn wir Zweifel an Ihrer Aussage haben, brauchen wir von Ihnen beiden eine Speichelprobe und Ihre Fingerabdrücke.

Im Moment glaube ich Ihnen und verzichte darauf.

Ich möchte mich verabschieden. Wenn Ihnen noch irgendetwas einfällt, was für diesen Fall wichtig sein könnte, rufen Sie mich oder meine Kollegin jederzeit an. Hier haben Sie meine Karte.

Auf Wiedersehen."

Im Büro bespricht Otto Kerner seine bisherigen Ermittlungsergebnisse mit Helga Hoffmann.

„Nach dieser Aussage sieht ja der Todessturz von Anton Kruse fast schon wie ein Suizid aus", meint sie.

„Aber warum sollte er Selbstmord begangen haben?" fragt sich Otto Kerner.

„Weißt du was, Otto, ich glaube den beiden König nicht.

Wenn Anne König die Freundin von Anton Kruse war und wenn ihr Mann Alfred davon wusste, war der mit Sicherheit eifersüchtig. Das friedliche Zusammensein bei Anton Kruse im Wohnzimmer mit den Bierchen und so ist meiner Meinung nach ein Märchen und frei erfunden."

„Aber wer kann dann spät abends noch bei Anton Kruse gewesen sein? Die vier Arbeiter vom Nebenhaus waren es wohl nicht. Von ihnen haben wir in der Wohnung keine Fingerabdrücke gefunden. Außerdem haben sie ein Alibi."

Otto überlegt weiter:

„Sie haben alle vier ein Motiv. Immerhin hat Anton Kruse ihren Lohn gekürzt, wenn er mit der Arbeit nicht zufrieden war.

Vom Zeitablauf her könnte einer der Arbeiter kurz nach 23.00 Uhr bei Anton Kruse gewesen sein. Vielleicht Vladimir, weil er mit Anton Kruse Streit wegen der Löhne hatte. Dann müsste er aber sehr vorsichtig gewesen sein, um keine Spuren oder Fingerabdrücke zu hinterlassen."

Die Hauptkommissarin will nicht weiter spekulieren und die Ermittlungen voran treiben:

„Von den drei Bierflaschen haben wir die Fingerabdrücke und die DNA.

Zuerst müssen wir die Angaben der Königs beweisen, dass sie in der Wohnung waren und mit dem späteren Opfer Bier getrunken haben. Dazu müssen wir von beiden Speichelproben und ihre Fingerabdrücke haben."

„Ich veranlasse das", sagt Otto sofort. „Mich kennen die König ja schon."

„Okay, und wenn sie wirklich mit Anton Kruse im Wohnzimmer waren und Bier getrunken haben, müssen wir heraus bekommen, ob es Streit gegeben hat oder ob ihre Geschichte von dem friedlichen Biertrinken stimmt.

Ich kann mir nicht vorstellen, dass der eifersüchtige Alfred König seine Frau Anne immer wieder bei Anton Kruse in dessen Wohnung findet und nicht ausflippt. Das hat doch garantiert immer wieder Streit und Ärger gegeben.

Die haben uns bei der Befragung ein Märchen aufgetischt. Die Geschichte von den drei Leuten, die in fröhlicher Bierrunde zusammen sitzen, ist frei erfunden."

Otto Kerner gibt ihr Recht:

„Es ist möglich, dass Alfred König und Anton Kruse sich dermaßen gestritten haben, dass Anton über die Balkonbrüstung gestürzt ist. Der Sturz war vielleicht nicht gewollt und nur ein Unfall."

„Wenn es so oder ähnlich war, wird es schwer sein, ihm das zu beweisen. Zuerst müssen wir die Ergebnisse des Labors abwarten", sagt Helga Hoffmann.

Eine Woche später bekommen die beiden Ermittler den Bericht des Labors. Die Speichelproben ergeben eindeutig, dass Anton Kruse, Alfred König und Anne König jeweils aus einer der drei Bierflaschen getrunken haben. Auch die Fingerabdrücke an den drei Flaschen beweisen das.

„In dem Punkt ist die Darstellung der beiden König zutreffend", sagt Helga Hoffmann.

„In dem Bericht der KTU steht, dass überall die Fingerabdrücke von Anton und Anne gefunden wurden. Das ist nicht verwunderlich. Aber das hier ist interessant. Neben den Fingerabdrücken der beiden sind auch die von Alfred König vorhanden. Und jetzt rate mal wo?" wundert sich Otto Kerner.

„Mach es nicht so spannend. Wo?"

„An der Küchentürklinke, an der Schranklade und an der Wand direkt seitlich neben der Balkontür im Durchgang zum Balkon."

Helga Hoffmann sieht das ganz nüchtern:

„Alfred König kann nach seiner Version der Geschehnisse an dem Abend in die Küche gegangen sein, um etwas zu holen. Das bringt uns nicht wirklich weiter. Wir müssen die König noch einmal vorladen und befragen. Wenn sie sich wirklich gestritten haben, bekommen wir das heraus. Da bin ich mir ganz sicher. Ich glaube nicht, dass Anne König bei einem neuen Verhör die erste Version über den Verlauf des Abends weiterhin aufrecht hält."

Bei dem neuen Termin in der Polizeidienststelle bitten die beiden Ermittler zuerst Anne König zu sich:

„Guten Tag , Frau König."

„Guten Tag. Ich weiß gar nicht, warum Sie mich noch einmal sprechen wollen. Alfred und ich haben Ihnen doch schon alles gesagt."

Hauptkommissarin Hoffmann beginnt:

„Wir haben neue Laborergebnisse und Beweise, dass der Abend in der Wohnung von Anton Kruse am 12. Oktober etwas anders verlaufen ist, als Sie es uns erzählt haben."

„Was soll denn falsch sein?"

„Sie sind ganz regelmäßig bei Anton Kruse gewesen. Ihr Mann Alfred hat deswegen immer wieder Eifersuchtsanfälle bekommen. So ruhig und friedlich, wie Sie uns den Abend geschildert haben, ist er wohl nicht verlaufen."

„Woher wollen Sie das wissen?"

Otto Kerner fragt weiter:

„Ihr Mann Alfred hat Sie mal wieder in der Wohnung von Herrn Kruse angetroffen. Das hat ihn doch garantiert in Rage gebracht? Die Geschichte, dass Sie zu dritt friedlich Bier getrunken haben, stimmt nie und nimmer."

„Doch, doch. Ich habe Alfred sofort beruhigt und wir haben zu dritt unser Bier getrunken."

„Was wollte Alfred in der Küche?"

Jetzt wird Anne König ganz unruhig:

„Wieso Küche? Da war er überhaupt nicht. Woher wollen Sie das wissen?"

Die Kommissarin hakt gleich nach:

„Wir haben seine Fingerabdrücke am Küchenschrank gefunden. Was wollte Ihr Mann an der Küchenschranklade?"

„Er hat dort wahrscheinlich einen Flaschenöffner gesucht. Aber fragen Sie ihn doch selbst."

„Das tun wir auch. Sie können gehen. Warten Sie bitte draußen."

Danach bitten sie Alfred König herein:

„Guten Tag, Herr König. Wir haben ein paar Fragen zu dem Abend vom 12. Oktober an Sie."

„Da gibt es nichts mehr zu sagen. Ich habe Ihnen beim letzten Mal alles genau erzählt."

„Was haben Sie in der Küchenlade bei Anton Kruse gesucht?"

„Ich war überhaupt nicht in der Küche. Ich habe in der Wohnung eine Flasche Bier mit Anton und Anne getrunken und bin nach einer knappen Stunde mit Anne gegangen."

„Sie waren überhaupt nicht sauer oder eifersüchtig, dass Ihre Frau schon wieder bei Anton war?"

„Wer behauptet das? Natürlich kann ich das nicht ausstehen und bin stinksauer auf Anne. Ständig ist sie mit Anton zusammen gewesen, weil ich abends oft Spätdienst habe."

„Dann waren Sie wütend und haben sich gestritten?"

Alfred verliert seine Beherrschung und wird laut: „Finden Sie das lustig, wenn Ihre Frau ständig bei einem anderen ist, wenn Sie noch arbeiten müssen?"

„Sie hatten also Streit? Sie sollten uns jetzt alles genau erzählen. Wir haben zusätzliche Beweise. Ihre Fingerabdrücke sind nicht nur an der Bierflasche sondern auch an der Balkontür. Was ist an dem Abend passiert?"

„Als ich abends bei Anton schellte, saß Anne wie so oft in seinem Wohnzimmer. Sie tranken Bier und hatten offensichtlich Spaß miteinander. Wenn ich spät und müde von der Arbeit komme, sitzt meine Frau bei einem anderen und feiert. Da soll ich nicht wütend werden? Es war ja nicht das erste Mal. Sie ist ständig bei ihm gewesen."

„Wieso haben Sie mit den beiden eine Flasche Bier getrunken?"

„Das habe ich doch gar nicht. Ich war wütend und wollte Anton einen verpassen. Ich bin in die Küche gegangen und habe im Schrank nach einem Messer gesucht. Er sollte ein für allemal Angst vor mir haben und meine Frau in Ruhe lassen."

„Haben Sie das Messer benutzt?"

„Nein, ich habe ihn mit vorgehaltenem Messer zur Balkontür gedrängt. Die Balkontür war nicht fest geschlossen. Er ist rückwärts auf den Balkon gegangen."

„Und dann haben Sie ihn hinunter gestoßen?"

„Nein, so war das nicht. Er hatte richtig Angst vor mir und ist rückwärts bis zur Balkonbrüstung gestolpert. Dort hat er sich nach hinten gebeugt. Plötzlich konnte er sich nicht mehr halten und ist vor meinen Augen hinunter gestürzt. Ich habe ihn überhaupt nicht berührt."

„Das Messer hatten Sie aber noch in der Hand?"

„Ja." „Warum haben Sie nicht sofort einen Krankenwagen gerufen?"

„Anne ist schnell nach unten gelaufen. Anton Kruse war sofort tot. Immerhin ist er aus dem sechsten Stockwerk gefallen. Das überlebt keiner."

„Sie sagen das so ruhig, als ob Sie das nichts anginge.

Dabei haben <u>Sie</u> doch Anton Kruse mit dem Messer so stark bedroht, dass er aus Angst vor Ihnen hinuntergestürzt ist.

Wir können beweisen, dass Sie aus der Bierflasche getrunken haben? Nachdem, was Sie uns gerade erzählt haben, waren Sie wütend in die Wohnung gekommen und sofort auf Anton Kruse losgegangen? Ich frage mich, wann Sie dann noch aus der Bierflasche trinken konnten?"

„Nach diesem Unglück musste ich erst einmal einen Schluck nehmen. Außerdem dachte ich, so einen gemütlichen Abend vortäuschen zu können. Ich wusste doch, dass die Polizei am nächsten Tag alles untersuchen wird."

Die beiden Kommissare holen noch einmal Anne König dazu und erzählen ihr das Geständnis ihres Mannes. Sie bestätigt alles, was ihr Mann ausgesagt hat:

„Es ist furchtbar, was an dem Abend passiert ist. Im Grunde habe ich die Schuld. Glauben Sie mir, Alfred hatte nicht die Absicht, Anton zu töten. Es war ein Unfall."

„Ein Unfall war es ganz bestimmt nicht. Schließlich hat Ihr Mann Anton Kruse mit dem Messer in der Hand bedrängt und massiv bedroht. Sind Sie sofort nach unten gelaufen? Es muss Sie doch jemand gesehen haben?"

„Ich war doch in Panik. Natürlich bin ich sofort nach unten gelaufen. Ich habe keinen Menschen gesehen und wahrscheinlich hat auch mich niemand gesehen. Der Balkon liegt ja nach hinten heraus. Dort ist es jetzt im Oktober stockdunkel."

„Wie haben Sie dann im Dunkeln feststellen können, dass Anton Kruse tot war?"

Ich habe seinen Hals gefühlt und keinen Puls mehr festgestellt. Außerdem atmete er nicht mehr. Er war wirklich tot. Ich stand immer noch unter einem Schock. Plötzlich lag er da tot vor mir. Ich bin sofort wieder zu Alfred in die Wohnung von Anton gegangen. Wir haben überlegt, was wir jetzt machen sollten."

„Und, was haben Sie gemacht?"

„Wir haben überlegt, nichts mehr zu unternehmen. Anton war ja tot. Wenn ihn jemand am nächsten Morgen findet, konnte niemand wissen, was abends passiert ist."

„Und Sie glaubten, dass das gut geht?"

„Ja."

Warum haben Sie und Ihr Mann nicht gleich die Wahrheit gesagt? Warum sollten wir zuerst diese eigenartige Geschichte von dem gemütlichen Treffen glauben?"

„Wenn wir es Ihnen so erzählt hätten, dass es ein Unfall war, hätten Sie uns nicht geglaubt."

„Und diese neue Version sollen wir Ihnen jetzt glauben? Wo ist das Messer, mit dem Sie, Herr König, Alfred Kruse bedroht haben?"

Anne König antwortet sofort:

„Das habe ich genommen, den Griff abgewischt wegen der Fingerabdrücke und es sofort wieder in die Küchenlade gelegt."

„Und die Blutspuren?" fragt Frau Hoffmann, um die beiden zu verunsichern. Sie weiß ja, dass die Spurensicherung keine Blutspuren gefunden hat.

„Welche Blutspuren? Alfred hat Anton doch überhaupt nicht berührt. Er hat ihn nur bedroht."

„Wir müssen Ihre Aussagen protokollieren. Sie haben das Recht, einen Rechtsanwalt dazu zu holen."

Alfred König sagt sofort: „Ich rufe einen Rechtsanwalt an, das ist mir doch sicherer, falls dieser Unfall mir als Mord angelastet wird."

„Wir müssen Sie, Herr König, auf jeden Fall und solange hier behalten bis der Haftrichter entschieden hat, ob Sie in Polizeigewahrsam bleiben müssen."

Anne König fragt die Kommissarin:

„Was ist mit mir? Muss ich auch hier bleiben?"

„Nein. Wenn wir Ihre Aussage protokolliert haben, können Sie gehen. Halten Sie sich aber zur Verfügung. Sie dürfen die Stadt nicht verlassen und müssen jederzeit erreichbar sein. Geben Sie uns bitte Ihre Handy-Nummer."

Kapitel 10

Walter Kirchhoff hat jetzt vor den Sommerferien viel zu tun. Im Tiefbauamt laufen die Ausschreibungen für die Straßenbauarbeiten. Im Ferienprogramm sind viele Reparaturen zu erledigen. Walter steht im engen Kontakt zu Reiner Wolle. Die Baufirma Wolle-Hoch-Tief mit der Zweigstelle in Halle übernimmt mehrere Aufträge.

Walter Kirchhoff hat als Abteilungsleiter Einfluss auf die Ausschreibung und Vergabe. Mit seinem Bauingenieur Jürgen Fischer steht er im ständigen Kontakt. Der ist genau wie er daran interessiert, dass gute und leistungsfähige Firmen die termingebundenen Reparaturarbeiten durchführen.

Reiner Wolle weiß das zu schätzen. Das hat in Münster geklappt. Warum sollte das nicht auch hier in Halle funktionieren?

Neben diesen umfangreichen Arbeiten im Büro will Walter möglichst zügig die Um- und Ausbauarbeiten in seinem „neuen" Haus, Kirschbergweg 32 in Kröllwitz, fertigstellen.

Die meisten Arbeiten lässt er von Fachfirmen durchführen. Durch den Gewinn beim Verkauf des Hauses in Münster hat er ein dickes Finanzpolster von ca. 100.000 DM.

Bis zum Einzug seiner Familie müssen im Dachgeschoss die Umbauarbeiten fertig sein. Außerdem sollen die Außenanlagen einschließlich der Erweiterung der Terrasse abgeschlossen sein.

Ganz wichtig ist ihm, dass die Bäder und die Küche neu gestaltet sind und dass die Malerarbeiten beendet sind, damit sie alle zusammen in einem fast neuen Haus wohnen können und auch die Kinder sich zu Hause wohl fühlen.

In dieser Zeit fährt Walter kaum noch am Wochenende nach Münster. Samstags und oft auch sonntags arbeitet er im neuen Haus zusammen mit Arbeitern der Firma Wolle.

Sein Freund Reiner Wolle vermittelt ihm für das Wochenende diese Arbeiter, die die Arbeiten "schwarz" erledigen. Walter bezahlt sie bar.

Mit Reiner Wolle hat er in diesen Wochen seit Februar einige Male Abwechslung im "Excelsior Party Club" gesucht. Finanziell kann er es sich jetzt besser leisten als vor dem Hauskauf. Reiner ist ohnehin ein Mann, der diese Bordellbesuche immer wieder genießt.

Im Juni, rechtzeitig vor den Sommerferien, sind die meisten Umbauarbeiten im Haus in Halle abgeschlossen.

Walter Kirchhoff nimmt sich zum Ende Juni Urlaub. Er fährt nach Münster, um den Umzug nach Halle vorzubereiten.

Gleich zum Beginn der Sommerferien will er mit der ganzen Familie von Münster nach Halle in das neue Haus umziehen.

Vor allem die vier Kinder sollen sich so schnell wie möglich in Halle eingewöhnen. Sie müssen noch in den Ferien oder gleich zu Beginn des neuen Schuljahres rechtzeitig in den neuen Schule in Halle angemeldet werden.

Dann Anfang Juli ist es soweit.

Walter bespricht den Umzug mit Erika und informiert seine Kinder:

„In dieser Woche müsst ihr eure Sachen aus den Zimmern in die Pappkartons der Umzugsfirma verpacken. Am besten schreibt ihr auf jeden Karton mit Filsstift, was darin ist, natürlich ganz kurz. Dann habt ihr es im neuen Haus leichter, das alles wieder richtig einzuräumen."

Claudia gehorcht nur widerwillig ihrem Vater. Sie meckert bei jeder Gelegenheit.

Markus sieht den Umzug etwas ruhiger. Er wird genau wie Claudia und Carola in Halle auf die Gesamtschule gehen. Dort kann er genau wie in Münster sein Abitur machen und studieren:

„Ich habe gehört und auch im Internet nachgeschaut, dass man in den neuen Bundesländern und sicher auch in Halle günstiger einen Studienplatz bekommt als in Münster", sagt er zu Claudia.

Erika macht sich am meisten Sorgen um Carola.

Sie fragt sie immer wieder: „Carola, du siehst so blass aus. Bist du krank? Hast du Schmerzen?"

Carola schüttelt nur den Kopf: „Es ist alles okay"

Erika hat den Verdacht, dass Carola der Umzug psychisch am meisten belastet. Langsam macht sie sich Sorgen. Carola wird immer dünner.

„Du isst ja kaum etwas. Nimm dir doch zwischendurch mal eine Banane."

„Ich habe keinen Hunger", ist die immer gleiche Antwort.

Carola ist jetzt fast 12 Jahre alt. Erika will sie überreden, mit ihr zum Arzt zu gehen. Sie glaubt, dass ein Arzt feststellen kann, ob Carola organisch krank ist oder ob sie sich innerlich gegen den Umzug nach Halle wehrt.

Carola will nicht zum Arzt. Sie will nicht wahr haben, dass sie krank sein könnte.

Aber in dem Punkt setzt sich Erika durch. Am nächsten Tag geht sie mit ihr zu ihrer Hausärztin.

Die Untersuchungen ergeben, dass Carola für ihr Alter viel zu dünn ist. Die Ärztin stellt aber keine akute Krankheit fest. Auch die Blutwerte sind in Ordnung. Da Carola sehr verschlossen wirkt, glaubt auch die Ärztin, dass ihr schlechter Gesamtzustand seelische Ursachen hat.

„Wenn sich das nicht bald bessert", sagt die Ärztin zu Erika, „dann müssen Sie mit Carola zum Psychologen gehen."

Charlotte, mit ihren fast 9 Jahren, ist richtig neugierig auf die neue Wohnung und die neue Schule. Sie kommt in Halle in die vierte Klasse der Grundschule. Sie findet das ganz spannend.

Mit ihren Freundinnen und Freunden in Münster will sie noch vor dem Umzug ihren neunten Geburtstag und gleichzeitig ihren Abschied feiern. Ihre Lehrerin hat dafür noch vor den Ferien einen Tag freigehalten.

Walter Kirchhoff hat mit dem Umzugsunternehmen den Termin für den Umzug nach Halle festgelegt.

Mitte Juli, gleich in der ersten Ferienwoche, kommen die Möbelwagen und die Möbelpacker. Die große Aktion beginnt.

In Halle sind zum Glück im neuen Haus alle Zimmer fertig geworden. Die Bäder sind komplett neu ausgestattet und gefliest.

In den letzten Tagen haben auch die Kinder genau geplant und überlegt, wie sie ihre Zimmer einrichten wollen. Dabei hat selbst Claudia das Umzugsfieber gepackt. Nur Carola bleibt in sich gekehrt und verschlossen.

Bis zum Abend stehen wenigstens alle Betten in den Zimmern. Die erste Nacht verbringen alle sechs Kirchhoff zwischen Kartons und vereinzelten Möbelstücken.

Vor allem die Kinder sind von der Packerei, von der Umzugsreise von Münster nach Halle an der Saale und von der ungewohnten Umgebung ziemlich müde.

Aber so richtig einschlafen können sie erst nicht.

Alle vier rufen am nächsten Tag ihre Freunde in Münster an. Erika muss vor allem Claudia und Markus immer wieder ermahnen:

„Nun telefoniert mal nicht ständig. Seht erst einmal zu, dass in euren Zimmern die Schränke richtig eigeräumt werden. Hier stehen ja überall noch Umzugskartons herum."

In den nächsten Tagen sind alle genug damit beschäftigt, sich richtig in dem neuen Haus einzurichten.

Neben dieser vielen Arbeit muss Erika für das Essen sorgen. Sie hat inzwischen heraus gefunden, dass ganz in der Nähe ein Supermarkt mit einer Bäckerei ist.

Hier hat sie in den ersten Tagen ihre dringendsten Einkäufe erledigt.

Walter hat noch in Münster versprochen:

„Wenn ihr alle gut mitarbeitet und nicht mault, gehen wir zusammen am ersten Sonntag in Halle in ein Restaurant zum Mittagessen."

In diesen Sommerferien fällt die Urlaubsfahrt mit dem Wohnmobil nach Südfrankreich flach.

Der Umzug und die Eingewöhnung beanspruchen Erika und Walter ziemlich stark.

Claudia und Markus haben mit ihren engsten Freundinnen und Freunden in Münster verabredet, dass sie sie in den Herbstferien für ein paar Tage besuchen. Sie wollen mit dem Zug nach Münster fahren.

Carola und vor allem Charlotte sind noch zu klein. Ohne Aufsicht von Erika oder Walter können sie noch nicht allein verreisen oder mit dem Zug nach Münster fahren.

Nachdem der Umzug ganz gut geklappt hat, plant Walter zusammen mit Erika:

„Wir könnten doch alle zusammen mit dem Wohnmobil statt nach Südfrankreich wenigstens für zwei Wochen an die Ostsee fahren. Dort können sie baden und das Meer genießen."

Als er diesen Plan beim Abendessen erzählt, ist die Stimmung schon etwas besser. Dann haben alle wenigstens ein bisschen Ferien und nicht nur diesen blöden Umzug.

Nachdem sich die Familie Kirchhoff im neuen Haus einigermaßen eingelebt hat, fahren alle zusammen mit dem Wohnmobil zur Ostsee ans Meer.

Walter hat im Internet einen Ort am Meer gesucht, der nicht zu weit entfernt ist und in dessen Nähe ein Campingplatz direkt am Wasser liegt.

Er bespricht seine Auswahl mit Erika:

„In Kühlungsborn, etwas westlich von Rostock, gibt es verschiedene Campingplätze. Ein Kollege in Münster hat davon damals geschwärmt.

Von Halle aus sind das gut 300 km Autobahnfahrt. Ich suche die Telefonnummer und frage mal, ob dort für zwei Wochen noch ein Platz frei ist."

Erika ist einverstanden.

Nachdem Walter einen Platz bekommen hat und sofort fest gebucht hat, erzählt er das den Kindern.

Die sind hellauf begeistert. Dann haben sie trotz des blöden Umzugs doch noch etwas von den Ferien.

Die Fahrt dorthin über die A9, die A10 und die A24 und A19 ist wirklich nicht so anstrengend wie die Anreise nach Südfrankreich.

Zwei Wochen lang verbringen sie in ihrem Wohnmobil mit dem großen Zelt einen herrlichen Urlaub an der Ostsee. Sie haben wirklich Glück.

Der Campingplatz ist sehr gepflegt und das Wetter ist während der gesamten zwei Wochen hervorragend.

Sie können fast jeden Tag baden.

Schnell haben vor allem die Kinder Kontakt mit anderen Kindern und Jugendlichen gefunden.

Es ist für die ganze Familie ein richtig schöner Urlaub.

Zum neuen Schuljahr am Ende der Freien in Sachsen-Anhalt melden Walter und Erika die Kinder in der Schule an. Charlotte muss noch ein Jahr in der Grundschule bleiben und soll danach auf ein Gymnasium gehen.

Carola, Markus und Claudia melden Walter und Erika an der Gesamtschule an.

Walter hofft, dass alle drei, wie in Münster geplant, auf der Gesamtschule ihr Abitur machen.

Aber nach einigen Wochen stellen sie fest, dass vor allem Claudia in einigen Fächern nicht den Stand der anderen Schüler hat. Für den gymnasialen Zweig reicht ihr Wissen hier nicht. Claudia ist unzufrieden. Sie hat es immer noch nicht verkraftet, dass sie nicht mehr in Münster sind.

Bei Carola läuft es in der Schule überhaupt nicht gut. Sie ist immer noch sehr verschlossen. Die Schulpsychologin hat inzwischen mehrere Gespräche mit ihr und mit ihren Eltern geführt. Noch hoffen Walter und Erika, dass sich das Verhalten von Carola ändert und sie wieder so unbeschwert wie in Münster wird.

Die Psychologin hat inzwischen erkannt, dass Carola sehr darunter leidet, dass sie ihre Freundinnen und Freunde nicht mehr regelmäßig sieht und sich nicht mit ihnen treffen kann. Sie fühlt sich in der neuen Klasse nicht wohl.

Markus ist in fast allen Fächern sofort in den Realschulzweig der Gesamtschule gekommen. Er will später Ingenieur werden. Dazu braucht er das Fachabitur. Mit der entsprechenden praktischen und fachlichen Zusatzausbildung kann er Ingenieurwissenschaften studieren.

Ihm fällt es viel leichter, in der neuen Schule Freunde zu finden. Er hat damit nicht so große Probleme wie Carola.

Walter hat natürlich gewusst, dass der Schulwechsel für seine vier Kinder nicht leicht wird. Aber er ist der Meinung, dass sie solch einen Umzug in eine neue Umgebung verkraften müssen.

Außerdem kann es seiner Meinung nicht richtig sein, dass seine berufliche Karriere wegen der Kinder leiden soll.

Seine Frau Erika ist Hausfrau und Mutter und muss dafür sorgen, dass die Familie die Umstellung mitmacht. Schließlich muss er sich als Familienoberhaupt ebenfalls umstellen und in seiner neuen Position behaupten.

Erika sieht die Probleme, die ihre Kinder mit der Umstellung und dem Schulwechsel haben. Sie ist aber nicht in der Lage, den Kindern im schulischen Bereich eine wirksame Hilfe zu sein. Bis auf Charlotte akzeptieren die anderen drei die Versuche ihre Mutter nicht, wenn sie bei den Hausaufgaben helfen will.

Erika ist da schlicht überfordert.

Für sie ist wichtig, dass Walter für die Familie sorgt und eine hohe Position bei der Stadtverwaltung mit einem sehr guten Gehalt hat.

Außerdem ist Walter hier in Halle inzwischen bekannt und gut angesehen.

Er ist abends viel unterwegs, weil er verschiedene Posten in der Politik, im Sportverein und anderen Vereinen angenommen hat.

Durch den Gewinn beim Verkauf ihres Hauses in Münster und dem günstigen Kaufpreis in Halle ist es Ihnen möglich, jetzt im September die Terrasse ausbauen zu lassen.

Walter lässt diese Arbeiten mit Stundenlohnarbeiten von Arbeitern der Firma Wolle ausführen. Er hat mit Reiner abgemacht, dass er die entsprechenden Nachweise, die Stundenlohnzettel, bei einer anderen Baumaßnahme selbst abzeichnet.

Nachdem die Terrasse fertig und mit hellen Platten befestigt ist, lässt Walter eine Firma kommen, die mit ihm und Erika den Anbau eines Wintergartens bespricht. Er soll einen Großteil der Terrasse überdachen und zum Haus hin einen geschlossenen Bereich aus Glas haben.

Die Firma legt noch im September einen Plan und ein Angebot vor.

Noch haben die Kirchhoffs genug Geld aus dem Verkauf ihres Hauses übrig, um diese neue Investition zu finanzieren.

Die Firma bekommt den Auftrag und beginnt Anfang Oktober mit den Arbeiten.

Erika ist stolz auf ihren Walter, weil er so gut und aktiv für alle sorgt und diese fachlichen Dinge mit den Firmen so tatkräftig plant und durchführt.

Offensichtlich ist ihm sehr daran gelegen, dass sich die ganze Familie zu Hause wohlfühlt.

In den Herbstferien fahren wie geplant Claudia und Markus mit dem Zug nach Münster. Sie besuchen dort ihre Freundinnen und Freunde. Inzwischen ist Claudia 16 und Markus 14 Jahre alt.

Erika hat ein wenig Bedenken:

„Könnt ihr beide allein nach Münster fahren? Hoffentlich passiert euch nichts."

Die beiden sind entrüstet:

„Wir sind doch alt genug. Natürlich können wir das. Du brauchst dir wirklich keine Sorgen zu machen."

Walter hatte den beiden Jüngeren versprochen:

„Ich fahre in den Herbstferien mit euch beiden nach Dresden. Dort gibt es viel zu sehen. Auf jeden Fall machen wir dort eine Schiffsfahrt auf der Elbe."

So ganz begeistert sind die beiden nicht. Aber es ist immer noch besser, als die restlichen Ferien nur in Halle zu verbringen.

Nach den Herbstferien beginnt für alle wieder der Alltag. Inzwischen haben sich auch die Kinder in ihrer neuen Umgebung und in der Schule eingewöhnt. Selbst Carola geht es wieder besser. Die Gespräche mit der Psychologin haben sie etwas aufgemuntert und sie dazu gebracht, ihre neue Lebenssituation zu akzeptieren.

Walter Kirchhoff ist jetzt kaum noch abends zu Hause. Meistens kommt er erst spät nach 23.00 Uhr.

Erika weiß, dass er im Büro viel zu tun hat und dass er zusätzlich viele Abendtermine mit Bürgerversammlungen, mit politischen Verpflichtungen und Terminen mit dem Sportverein und der Wohnbaugesellschaft hat.

Walter hat nie sehr viel mit ihr über seine Arbeit und über diese Verpflichtungen und Termine geredet.

Sie ist gewohnt, dass er in dem Punkt sein eigenes Leben führt. Sie ist voll damit zufrieden.

Er gibt ihr pünktlich das Haushaltsgeld und ist nicht kleinlich, wenn sie ihn bei Extraausgaben um zusätzliches Geld bittet. Seitdem er hier in Halle mehr als früher verdient, ist er sehr großzügig.

Sie selbst ist nicht sehr anspruchsvoll. Sie ist ordentlich gekleidet und sauber. Hohe Ansprüche an besonders modische Kleidung hat sie nicht. Für die Kinder hat Erika immer das notwendige Geld zur Verfügung, damit sie ausreichend Taschengeld bekommen und sauber und ordentlich gekleidet sind.

„Kinder kosten Geld."

Diesen Spruch hört sie sehr oft. Walter weiß das und ist froh, dass Erika alles im Griff hat, die vier Kinder versorgt und deren kleine Extrawünsche erfüllt. Das war ihm immer ein besonderes Anliegen, dass seine Familie keinen Mangel leidet.

Schon in Münster hatten sie immer zwei Autos. Walter benutzt den schwarzen Mercedes für die Fahrt zur Arbeit. Das Wohnmobil benutzt Erika nicht ständig, sondern nur bei Bedarf. Dadurch ist sie beweglich, kann die Kinder zu deren Terminen bringen und größere Einkäufe in günstigen Supermärkten allein erledigen.

Kapitel 11

Anfang November wird Erika Kirchhoff mitten in der Nacht um 2 Uhr wach. Vorsichtig tastet sie mit der Hand zur Seite. Normalerweise spürt sie neben sich ihren Walter.

Aber noch im Halbschlaf hat sie das Gefühl: „Das Bett ist leer, Walter ist nicht da."

Sie macht das Licht ihrer Nachttischlampe an. Das Bett neben ihr ist wirklich leer und offensichtlich noch nicht benutzt.

Erika steht auf und schleicht vorsichtig durchs Haus. Sie will die Kinder nicht aufwecken.

Walter ist nicht in der Küche und nicht auf der Toilette.

Normalerweise kommt er spätestens um Mitternacht nach Hause. Wenn er Termine hat, die länger dauern können, ruft er sie abends an.

Erika macht sich noch keine großen Sorgen. Auf Walter konnte sie sich bisher immer verlassen. Er wird einen triftigen Grund dafür haben, dass es heute später geworden ist und er nicht angerufen hat. Entweder kommt er noch oder er wird sie sobald wie möglich anrufen, aber wahrscheinlich nicht jetzt mitten in der Nacht, um nicht die ganze Familie aufzuwecken.

Sie legt sich wieder ins Bett, kann aber nicht schlafen.

Eine eigenartige Unruhe hat sie gepackt. Sie überlegt, ob er irgendetwas gesagt hat über das, was er heute vorhatte.

Soviel sie auch grübelt, ihr fällt nichts ein. Immer wieder versucht sie, sich zu beruhigen:

„Ich mache mir unnötig Sorgen und alles löst sich morgen früh von allein, wenn er sich meldet. Wenn ihm etwas zugestoßen wäre, ein Verkehrsunfall oder so etwas, dann hätte sich längst die Polizei bei mir gemeldet."

Es ist Anfang November. Heute war ein nasskalter Herbsttag. Den ganzen Tag über hat es leicht geregnet vermischt mit einigen Schneeflocken. Bei dem Wetter ist jeder gern zu Hause und macht es sich im Warmen gemütlich.

Erika versucht, wieder einzuschlafen. Das klappt nicht. Sie ist unruhig.

Um 6 Uhr macht sie das Frühstück und weckt die Kinder. Charlotte fragt als erste:

„Wo ist denn Papa?"

„Der schläft noch. Er ist heute Nacht etwas später nach Hause gekommen und will ausschlafen", antwortet Erika.

„Das sollten wir mal machen", brummt Claudia.

„Wenn ihr einen Beruf und eine Familie habt und so viel Geld wie euer Vater verdient, dann dürft ihr das auch", kontert Erika.

Als nach einer halben Stunde die Kinder aus dem Haus gegangen sind, hat Erika immer noch nichts von Walter gehört. Er hat sich immer noch nicht gemeldet.

Sie überlegt, ob sie jetzt schon etwas unternehmen soll. Walter wäre das bestimmt nicht recht, wenn sie eigene Nachforschungen anstellt und überall nach ihm fragt.

Sie wartet noch den ganzen Morgen ab, ob Walter kommt oder wenigstens telefoniert.

Aber irgendetwas sagt ihr: „Hier stimmt etwas nicht. Da ist was Schreckliches passiert."

Nur kann sie nicht zur Polizei gehen und sagen: „Ich habe ein komisches Gefühl. Mein Mann ist heute Nacht nicht zu Hause gewesen und heute habe ich noch nichts von ihm gehört."

Was soll die Polizei mit solch einer Aussage anfangen? Für die Polizei kommt so etwas oft vor, dass ein Ehemann oder eine Ehefrau nachts nicht zu Hause schläft. Das kann sehr viele Gründe haben. In der Regel ist das keine Angelegenheit für die Polizei.

Vielleicht löst sich ja für Erika alles von selbst auf und Walter ist wieder da. Sie wäre erleichtert, aber Walter wäre stinksauer, wenn sie so schnell gleich die Polizei eingeschaltet hätte.

Als sie bis zum Mittag immer noch nichts von Walter gehört hat, ruft sie trotz ihrer Bedenken im Tiefbauamt an.

Dort ist Walter heute nicht zur Arbeit gekommen. Die Kolleginnen und Kollegen sind davon ausgegangen, dass er vielleicht krank ist und sich im Büro melden wird.

Jetzt wird es Erika irgendwie unheimlich. Wo kann Walter sein?

Sie ruft Reiner Wolle in seiner Firma an:

„Guten Tag Reiner, hast du heute oder gestern Walter gesehen oder weißt du, wo er ist?"

„Nein", sagt Reiner, „du bist ja so aufgeregt. Was ist denn los?"

„Walter war heute Nacht nicht zu Hause und hat sich weder im Büro noch bei mir gemeldet. Irgendwo muss er doch sein. Hast du nicht irgendeine Idee, wo er sein könnte? Ich kenne ja noch nicht so viele seiner Bekannten hier in Halle."

„Erika, mach' dir keine Sorgen. Das klärt sich alles auf und stellt sich dann als völlig harmlos heraus. Ich rufe gleich sofort die Leute an, mit denen er vom Sport und von seinen anderen Aktivitäten Kontakt hat. Wahrscheinlich erfahre ich dort etwas. Sobald ich etwas weiß, sage ich dir sofort Bescheid."

Weil Reiner Wolle einige Male nachts mit Walter in der Excelsior-Party-Bar war, hofft er, dass Walter nicht allein dorthin oder in ein anderes Bordell gegangen ist. Immerhin ist es möglich, dass er nachts völlig betrunken war oder dass er mit jemandem Streit hatte.

Normalerweise ist das Nachtleben in Halle nicht gefährlich. Doch kann gerade in diesem Milieu immer etwas vorfallen und jemand zu Schaden kommen. Reiner kann nur hoffen, dass Walter nicht alleine unterwegs war.

Erika beschäftigt sich nur noch mit dem Gedanken: „Was kann ich unternehmen und wen kann ich fragen."

Am frühen Nachmittag kommen nach und nach die Kinder aus der Schule.

„Was ist denn mit dir los", fragt Claudia sofort, „du bist ja so aufgeregt?"

„Vater ist heute Nacht nicht zu Hause gewesen und hat sich bis jetzt nicht gemeldet. Ich habe keine Ahnung, wo er sein könnte."

„Der hat doch so viele Posten und Verpflichtungen. Das kann sicher mal länger gedauert haben. Vielleicht musste er in einem Hotel übernachten."

„Dann hätte er sich längst gemeldet", sagt Markus.

„Ich weiß nicht mehr, wo und wen ich noch anrufen soll. Wenn er sich bis heute Abend nicht meldet oder kommt, gehe ich morgen früh zur Polizei."

„Glaubst du, dass ihm was passiert ist?" fragt Carola.

„Wir wissen ja nichts. Die Polizei hat viel mehr Möglichkeiten, nach ihm zu suchen als wir", antwortet Erika.

Abends wird Erika immer nervöser. Walter kommt nicht und meldet sich nicht. Sie rechnet inzwischen mit dem Schlimmsten.

Am nächsten Morgen ruft sie die Polizei an:

„Guten Tag. Mein Name ist Erika Kirchhoff. Ich mache mir Sorgen um meinen Mann. Seit fast zwei Tagen habe ich nichts mehr von ihm gehört. Ich mache mir große Sorgen, dass ihm etwas passiert ist."

„Wie heißt ihr Mann?"

„Walter Kirchhoff."

„Ist das für Sie so ungewöhnlich, dass er eine Nacht nicht nach Hause kommt?"

„Sie können ja fragen. Glauben Sie, ich würde mich an die Polizei wenden, wenn so etwas bei uns normal wäre?"

„Dann gebe ich die Meldung weiter an die Kripo. Geben Sie mir Ihre Adresse. In etwa einer halben Stunde kommt jemand zu Ihnen. Inzwischen prüfen wir, ob über Ihren Mann hier etwas bekannt ist oder etwas gemeldet wurde."

Nach fast einer Stunde kommen die Hauptkommissarin Helga Hoffmann und ihr Kollege Kommissar Otto Kerner zu Erika Kirchhoff.

Sie stellen sich vor und zeigen ihre Dienstausweise.

„Kommen Sie bitte herein", sagt Erika schon etwas ruhiger, weil sich jetzt die Polizei mit um das Verschwinden von Walter kümmert. Sie gehen zusammen ins Wohnzimmer.

„Dann erzählen Sie uns bitte, was Sie bisher über den Verbleib Ihres Mannes wissen."

Erika gibt zu Protokoll, dass sie seit zwei Tagen, seit dem 4. November, nichts mehr von Walter gehört hat.

„Wann genau haben Sie ihn zuletzt gesehen?"

„Morgens um 8.00 Uhr, an dem Tag, an dem er abends nicht nach Hause gekommen ist."

„War Ihr Mann anders als sonst? War er unruhig oder nervös? Hat er irgendetwas mitgenommen, was er sonst nicht mitnimmt?"

„Nein"

„Was haben Sie bisher unternommen, um ihn zu finden?"

„Ich habe seinen Freund Reiner, den Chef der Firma Wolle angerufen und im Tiefbauamt der Stadt Halle. Dort ist mein Mann Abteilungsleiter."

„Konnte Ihnen jemand weiterhelfen?"

„Nein."

„Hatten Sie am 4. November oder vorher Streit mit Ihrem Mann?"

„Nein. Hier läuft alles normal. Walter arbeitet sehr viel und ist auch abends oft noch beschäftigt. Ich mache den Haushalt und versorge unsere vier Kinder.

Ich habe keine Erklärung dafür, dass er nicht auffindbar ist. Deswegen habe ich ja die Polizei angerufen. Vielleicht wissen Sie mehr darüber, ob er einen Unfall hatte oder sonst etwas über sein Verschwinden."

Frau Hoffmann beruhigt Erika:

„Ehe wir jetzt kamen, haben wir die aktuellen Meldungen am PC durchgesehen. Wir haben keinen Hinweis auf den Verbleib Ihres Mann gefunden."

Kommissar Kerner fragt:

„Welches Auto fährt Ihr Mann?"

„Wir haben einen schwarzen Mercedes mit dem Kennzeichen HAL-WK 400. Normalerweise benutzt nur mein Mann den Wagen. Wenn ich ein Auto benötige, nehme ich das Wohnmobil. Das steht aber seit mehreren Tagen unbenutzt in der Garage."

„Das möchte ich mir genau ansehen."

Erika geht mit Otto Kerner in die Doppelgarage. Der Mercedes ist nicht da. Herr Kerner schaut sich das Wohnmobil genau an und stellt fest, dass es wirklich seit einigen Tagen nicht benutzt wurde. Seine erste Vermutung, dass Herr Kirchhoff vielleicht hier im Wohnmobil geschlafen hat, ist mit Sicherheit falsch.

Hauptkommissarin Hoffmann lässt sich von Erika angeben, welche zusätzlichen ehrenamtlichen Posten ihr Walter hat. Sie notiert sich alles.

Dann beruhigen sie Erika:

„Wir haben soweit Ihre Angaben.

Ich gehe davon aus, dass Sie hiermit eine offizielle Vermisstenanzeige abgeben wollen. Ich brauche dazu Ihre Unterschrift auf diesem Formular und ein Foto Ihres Mannes.

Wir prüfen zuerst, wo der schwarze Mercedes ist. Dann fragen wir bei allen Stellen nach, die Sie mir genannt haben.

Ich denke, dass wir bald ein Ergebnis haben. Wir finden Ihren Mann. Wahrscheinlich ist alles ganz harmlos. Dann ist der Albtraum für Sie zu Ende. Wir melden uns bei Ihnen so schnell wie möglich."

Die beiden Polizeibeamten verabschieden sich und fahren zurück zur Dienststelle.

In den nächsten Tagen ermitteln sie fast nur im Fall „Walter Kirchhoff".

Sie rufen alle Stellen an, die Frau Kirchhoff Ihnen genannt hat. Natürlich geben sie einen Bericht an die Presse mit dem Foto des Gesuchten und einem Foto des schwarzen Mercedes mit dem Kennzeichen HAL-WK 400 und an die internen bundesweiten Dienste der Polizei.

Alle Polizeistreifen führen diese Suchmeldungen bei sich.

Erika Kirchhoff wartet jeden Tag auf ein Lebenszeichen von Walter oder eine Nachricht von ihren Bekannten oder von der Polizei. Von Tag zu Tag wird sie nervöser. Nachts kann sie kaum noch richtig schlafen. Sie bekommt immer mehr Angst, dass Walter etwas Ernsthaftes zugestoßen ist.

Sie weiß nicht, was sie noch unternehmen kann oder wen sie fragen soll.

Ihre Hoffnung ist, dass die Polizei ihr helfen kann und eine Spur von Walter findet.

Täglich fährt eine Polizeistreife mehrmals durch Halle-Neustadt. In diesem Stadtteil ist es besonders notwendig, dass die Polizei Präsens zeigt.

Nach zwei Tagen fällt einer Streife der schwarze Mercedes auf:

„Halt mal an Rudi, ist das dort auf dem Parkstreifen nicht der gesuchte Mercedes?

„Ja, du hast Recht. Er hat das Kennzeichen HAL-WK 400. Wir schauen uns den Wagen mal an."

Sie steigen aus und gehen zu dem Wagen. Er ist etwas verstaubt aber sonst stellen sie nichts Auffälliges fest. Alle Türen sind verschlossen.

Sie geben ihre Entdeckung per Funk der Leitstelle durch.

Kommissar Otto Kerner bekommt die Meldung auf den Tisch.

Er fährt sofort zu Frau Kirchhoff und sagt ihr:

„Wir haben den Mercedes Ihres Mannes gefunden."

„Wo steht er?"

„Auf einem Parkstreifen in Halle-Neustadt. Wir brauchen einen Schlüssel. Haben Sie den Zweitschlüssel?"

„Ja. Aber wie kommt der Wagen denn bloß dorthin? Ach, es kann sein, dass Walter dort beruflich zu tun hatte. Dort werden viele Wohnungen in den Hochhäusern grundsaniert. Hier arbeiten Leute der Firma Wolle. Der Chef, Reiner Wolle, ist mit uns befreundet."

Sie gibt dem Kommissar den Zweitschlüssel.

Otto Kerner fährt zusammen mit der Polizeistreife zur Neustadt zu dem Mercedes.

Dem Kommissar fällt äußerlich an dem Wagen nichts Besonderes auf. Im Wagen liegen einige Akten und Pläne. Er informiert die Kriminaltechnische Untersuchungsstelle, die KTU der Polizei, damit sie das Auto abholen lassen. Die Fachleute der KTU sollen den Wagen untersuchen.

Für die beiden Ermittler stellen sich nun einige Fragen:

Seit wann und wie lange steht der Wagen schon dort?

Wer hat ihn zuletzt gefahren?

Hat jemand den Wagen gestohlen und dort abgestellt?

Wenn Walter Kirchhoff ihn dorthin gefahren hat, was wollte er dort?

Gibt es Zeugen?

Die Polizei benutzt wieder die örtliche Presse. Zusammen mit einem Foto des Autos stellt sie die Frage: „Wer kann Angaben drüber machen, seit wann der Mercedes dort steht?"

Sie erhalten einige Anrufe von Bürgern aus der Neustadt. Diese Aussagen sind aber leider sehr widersprüchlich.

Viele von Walter Kirchhoffs Kollegen, Freunden und Bekannten teilen die Sorgen von Erika. Sie überlegen mit ihr, wo Walter sein könnte und was ihm zugestoßen sein könnte.

Selbst bei den alten Kollegen und Bekannten in Münster fragen sie nach, ob jemand etwas von Walter gehört hat oder ob jemand eine Vermutung hat, wo er sein könnte.

Einige sind genauso betroffen wie Erika und fühlen mit ihr. Diese Ungewissheit ist für alle und besonders für Erika schwer zu ertragen.

Aber auch alle privaten Nachforschungen in Münster bringen kein Ergebnis.

Walter Kirchhoff ist und bleibt verschwunden.

Die Polizei hat zwar sein Auto in der Neustadt gefunden. Aber die technische Untersuchung des Fahrzeugs hat keinen Hinweis darauf ergeben, wo Walter Kirchhoff sein könnte. In dem Auto waren keine Blutspuren oder Hinweise, dass jemand mit Gewalt den Mercedes an sich genommen hat.

Inzwischen ist es schon Mitte November.

Erika mag überhaupt nicht an Weihnachten denken. Wie soll sie mit den Kindern Weihnachten feiern, wenn Walter verschwunden ist und niemand weiß, was passiert ist?

Am 18. November will in dem Hochhaus Traberstraße Nr.17 in Halle-Neustadt der Hausmeister zusammen mit einer Heizungsfirma die Heizkörper kontrollieren und den Verbrauch ablesen.

Dazu hat er eine Woche vorher jedem Mieter eine Nachricht in den Briefkasten gesteckt.

In der Wohnung der 2. Etage links fehlt schon lange das Namensschild. Auch am zugehörigen Briefkasten ist kein Name. Das ist in diesem Hochhaus nicht ungewöhnlich. Viele Schilder fehlen oft oder sind so verschmiert, dass sie unleserlich sind.

Von Zeit zu Zeit kontrolliert der Hausmeister und sorgt dafür, dass das wieder in Ordnung kommt.

Er hat schon mehrmals versucht, den Mieter der 2. Etage links zu erreichen. Da öffnet nie jemand. Der zugehörige Briefkasten ist immer leer.

Der Hausmeister hat für diese Wohnung keinen Schlüssel. Bei den meisten anderen Wohnungen haben ihm die Mieter einen Schlüssel für den Notfall gegeben.

Da er jetzt in allen Wohnungen den Verbrauch der Heizkörper ablesen muss, wendet er sich an die Verwaltung, an die Wohnbaugesellschaft.

Dort ist der Name: „Walter Kirchhoff" als Mieter eingetragen. Nach den Unterlagen hat er die Wohnung erst seit vier Monaten gemietet. Die Miete wird pünktlich monatlich von seinem Konto abgebucht.

Jetzt erinnert sich der Hausmeister an den Zeitungsartikel, in dem ein Walter Kirchhoff vermisst wird. Es könnte ja sein, dass dieser Walter Kirchhoff der Mieter der Zwei-Zimmer-Wohnung ist.

Er ruft bei der Polizei an:

„Ich glaube, ich kann Ihnen bei der Suche nach dem vermissten Walter Kirchhoff helfen. Ich bin Hausmeister im Haus Traberstraße Nr.17 in Halle-Neustadt.

In der Wohnung in der 2. Etage links kann ich nie jemanden erreichen. Die Wohnung gehört einem Walter Kirchhoff. Vielleicht ist das der Mann, den Sie suchen."

„Haben Sie einen Schlüssel zu der Wohnung?"

„Nein."

„Bleiben Sie in dem Haus. In einer halben Stunde ist jemand von uns dort. Wir informieren einen Schlüsseldienst."

Der diensthabende Polizist informiert sofort Hauptkommissarin Hoffmann. Sie und ihr Kollege Otto Kerner benachrichtigen den Schlüsseldienst und fahren nach Halle-Neustadt zum Hochhaus Traberstraße Nr. 17.

Fast gleichzeitig kommt dort der Mann vom Schlüsseldienst an. Zusammen gehen sie in die 2. Etage. Dort trifft kurz darauf auch der Hausmeister ein.

„Sie sind der Hausmeister? Vielen Dank, dass Sie uns benachrichtigt haben. Ist das hier die besagte Wohnung?"

„Ja", sagt stolz der Hausmeister. Wahrscheinlich hat er, der kleine Hausmeister, der Polizei den entscheidenden Tipp gegeben.

Zunächst schellt Kommissar Kerner an der Türklingel. Sie warten ab. Es öffnet niemand.

Dann öffnet der Mann vom Schlüsseldienst die Tür.

Frau Hoffmann und Herr Kerner gehen hinein:

„Bitte bleiben Sie beide draußen. Wir müssen uns hier erst einmal allein umsehen."

Die Wohnung ist mit neuen modernen Möbeln eingerichtet.

Im Wohnzimmer stehen eine gemütliche Sitzgruppe, eine Couch und zwei Sessel, ein Wohnzimmerschrank und ein Sideboard.

Im Schlafzimmer steht in der Mitte ein großes, rundes Bett mit vielen Kissen. In diesem Raum sind mehrere Leuchten, die ein gedämpftes Rotlicht verbreiten. An der Wand gegenüber der Tür hängt ein übergroßes Poster, ein Foto des berühmten Fotografen Helmut Newton, Naomi Campell liegend und nackt: Cap d'Antibes 1998. Beide Kommissare denken sofort das gleiche. Es sieht aus wie ein Liebesnest.

Neben der kleinen Küchenzeile ist das Badezimmer.

Helga Hoffmann schreckt sofort zurück:

„Otto, komm mal schnell."

Beide stehen erschrocken vor der Badewanne. Dort liegt ein Toter im Anzug in der mit Wasser gefüllten Wanne. Sein ganzer Kopf ist im leicht rot gefärbten Wasser untergetaucht. Offensichtlich ist der Mann nach unten gerutscht. An beiden Unterarmen sehen die beiden Polizisten Verletzungen.

Auf dem Fußboden vor der Wanne liegen eine zerbrochene Flasche, ein Schraubenzieher und ein relativ kleines Küchenschälmesser.

„Das ist wahrscheinlich der gesuchte Walter Kirchhoff", sagt Hauptkommissarin Hoffmann.

„Wir lassen alles so, wie es ist."

„Das ist ja schrecklich", findet Otto Kerner, „der liegt hier ja schon mindestens zwei Wochen in der Wanne."

Helga Hoffmann dreht sich ab und geht zur Wohnungstür: „Hier darf niemand etwas berühren. Zuerst muss die Spurensicherung kommen."

Beide bleiben in der Wohnung und warten auf die Kollegen der Spurensicherung.

Helga Hoffmann und ihr Kollege Kerner sind sich einig:

„Das ist mit ziemlicher Sicherheit Walter Kirchhoff. Sobald wir von der Spurensicherung den ersten Bericht haben, müssen wir dieses Unglück Frau Kirchhoff mitteilen. Das wird noch schwer."

„Ja, für uns beginnt jetzt erst die Arbeit. Wir müssen den Tod von Walter Kirchhoff aufklären", antwortet Otto Kerner. „War es Mord, war es ein Unfall oder war es Selbstmord?"

Zusammen mit den Beamten der Spurensicherung kommt der Gerichtsmediziner.

Helga Hoffmann fragt ihn sofort:

„Ist der Mann Walter Kirchhoff?"

Der Mediziner sieht sich die Ausweispapiere an, die der Tote bei sich hat.

„Ja. Das ist offensichtlich Walter Kirchhoff."

„Was meinen Sie, wie lange liegt er schon in der Wanne?"

„Nach dem ersten Augenschein länger als zwei Wochen."

„Ist er ertrunken oder an seinen Verletzungen gestorben?"

„Das kann ich Ihnen hier nun wirklich noch nicht sagen. Dazu muss ich den Toten erst gründlich untersuchen. Ich denke, dass ich Ihnen meinen Bericht in etwa drei Tagen geben kann."

„Dann müssen wir uns noch gedulden. Können Sie eventuell schon sagen, ob er mit Gewalt in die Wanne gelegt wurde? Hier geht es doch um Mord oder Selbstmord."

„Nein, das wären nur Spekulationen. Warten Sie meinen Bericht ab."

Nachdem die Spurensicherung Fingerabdrücke von dem Messer, dem Schraubenzieher und den Glasresten genommen hat und an der Wanne und in der Wohnung alles untersucht und mit Fotos dokumentiert hat, lässt der Gerichtsmediziner die Leiche abholen.

Die Kommissare gehen noch einmal durch alle Räume. Immerhin sind sie jetzt in dem Fall des vermissten Walter Kirchhoff weiter gekommen.

Allerdings mit diesem schrecklichen Ausgang, der ihnen sehr viel Arbeit bringt.

Als sie die Wohnungstür abschließen wollen, nehmen sie ganz in Gedanken den Schlüssel, der innen neben der Tür an einem Haken hängt.

„Moment", sagt Helga Hoffmann, „hier hängt nur ein Wohnungsschlüssel. Walter Kirchhoff wird diesen Schlüssel dorthin gehängt haben.

Das deutet darauf hin, dass er Selbstmord begangen hat. Nur stellt sich dann die Frage, wo ist ein zweiter Schlüssel. Es ist doch normal, dass ein Mieter wenigstens zwei Wohnungsschlüssel hat.

Als wir kamen, war die Tür verschlossen, nicht nur einfach zugezogen. Wenn jemand Walter Kirchhoff ermordet hat, muss derjenige beim Verlassen der Wohnung einen zweiten Schlüssel benutzt haben."

„Vielleicht gibt es doch nur einen Schlüssel oder der Tote hat noch einen Schlüssel in der Tasche an seinem Schlüsselbund mit seinen Büroschlüsseln und denen für zu Hause. Aber das hätte die Spurensicherung längst festgestellt und uns gesagt", überlegt Otto Kerner.

„Das müssen wir auf jeden Fall prüfen", ist Helgas Antwort.

Sie gehen und bringen ein Polizeisiegel an. Den Schlüssel nehmen sie mit.

Zuerst müssen sie Frau Kirchhoff die traurige Nachricht vom Tod ihres Mannes beibringen.

Zusammen fahren sie zu ihr nach Kröllwitz. Inzwischen ist es zwei Uhr nachmittags.

Erika Kirchhoff öffnet die Tür, sieht die beiden Polizeibeamten und fragt sofort ganz aufgeregt:

„Haben Sie meinen Mann gefunden? Wissen Sie, wo er die ganze Zeit über war?"

„Können wir hereinkommen?" fragt ruhig Helga Hoffmann.

Jetzt ahnt Erika schon, dass etwas Schlimmes passiert sein muss. Sie bietet den beiden Beamten Platz an und setzt sich dazu:

„Wo ist mein Mann? Ist ihm etwas zugestoßen?"

„Wir haben Ihren Mann heute Morgen in einer Wohnung in Halle-Neustadt gefunden. Er lag dort tot in der Badewanne."

Erika ist entsetzt:

„Tot? Ist er beim Baden verunglückt?"

„Nein, er war mit seinem Anzug bekleidet und hatte Verletzungen an den Unterarmen. Wir können noch nichts darüber sagen, wie er gestorben ist."

„Mein Gott, das ist ja schrecklich. Wie kommt er denn bloß in die Wohnung?"

„Vielleicht können Sie uns da weiterhelfen. Soviel wissen wir schon. Es ist seine eigene Wohnung in Neustadt, in der Traberstraße Nr. 17. Er hat sie seit einigen Monaten gemietet."

„Sind Sie sicher, dass es seine Wohnung ist. Wir haben doch hier unser Haus und wohnen schon ein halbes Jahr in Halle? Warum sollte er in der Neustadt eine Wohnung mieten? Vielleicht ist der Tote, den Sie gefunden haben, gar nicht mein Mann?"

„Leider sind wir uns da sehr sicher. Sobald der Gerichtsmediziner die ersten Untersuchungen abgeschlossen hat, bleibt es Ihnen nicht erspart, ihren Mann zu identifizieren. Wir melden uns vorher bei Ihnen und holen Sie ab."

„Es tut uns sehr leid, dass wir Ihnen das mitteilen müssen. Haben Sie jemanden, der Ihnen jetzt helfen kann? Das Ganze ist sicher sehr schwer für Sie."

„Ich rufe meine Schwester Maria in Mettmann an. Wenn Walter wirklich tot ist, kommt sie sofort."

Offensichtlich klammert sie sich daran, dass die Polizei sich geirrt hat. Sie wirkt auf die beiden Polizisten immer noch ziemlich gefasst.

„Wir wollen uns verabschieden, Frau Kirchhoff. In ein oder zwei Tagen melden wir uns bei Ihnen. Wenn in den nächsten Tagen irgendetwas Ungewöhnliches geschieht, rufen Sie uns sofort an. Hier ist unsere Karte."

Helga Hoffmann und Otto Kerner fahren zu ihrer Dienststelle:

„Sie war ja erstaunlich gefasst."

„Sie klammert sich an den Strohhalm, dass wir uns irren. Sie glaubt nicht, dass der Zote ihr Mann ist."

„Offensichtlich hat sie keine Ahnung von der Existenz der Wohnung in der Traberstraße."

„Das ist wohl ein dunkles Geheimnis im Leben von Walter Kirchhoff."

„Das riecht gewaltig nach Arbeit."

Am nächsten Tag ruft der Gerichtsmediziner Frau Hoffmann an:

„Ich habe den Toten soweit untersucht. Am besten ist, Sie kommen hierher."

Die beiden Kommissare fahren sofort los.

Der Arzt erklärt den beiden:

„Der Mann ist mindestens zwei Wochen tot. Mit Sicherheit ist er in der Wanne, in der Sie ihn gefunden haben, ertrunken. In seiner Lunge war Badewasser. In seinem Blut konnte ich noch Spuren von starken Betäubungsmitteln und Alkohol nachweisen."

„Was ist mit den Verletzungen an den Armen?"

„Die sind nicht so gravierend. Die offenen Wunden haben den Tod in dem Badewasser beschleunigt. Aber sie haben mit Sicherheit nicht dazu geführt, dass er gestorben ist."

„Kann es sein, dass er sich diese Verletzungen selbst zugefügt hat?"

„Ja, das wäre möglich. Ich kann aber auch nicht ausschließen, dass er erst mit starken Tabletten oder anderen Mitteln betäubt wurde, dass ihm dann die Verletzungen zugefügt wurden und er in der Wanne vor Schwäche ertrunken ist."

„Können Sie aufgrund der Verletzungen sagen, womit sie entstanden sind? Vielleicht ein Messer oder sonst etwas?"

„Es könnte ein Messer gewesen sein oder ein anderer scharfkantiger Gegenstand wie ein Schraubenzieher oder eine Glasscherbe. Das ist nach den zwei Wochen, die er im Wasser gelegen hat, nicht mehr so ganz eindeutig zu beweisen."

„Erst einmal vielen Dank. Den Bericht bekommen wir wann?"

„Wahrscheinlich schon Morgen"

„Wir werden möglichst noch heute mit Frau Kirchhoff zu Ihnen kommen. Sie muss ihren Mann noch identifizieren."

„Bis dann. Wir rufen vorher an."

Sie rufen Frau Kirchhoff an und bitten Sie, heute Nachmittag um 16.00 Uhr mit ihnen zur Gerichtsmedizin zu fahren.

Als die beiden Kommissare Frau Kirchhoff zu Hause abholen, fällt ihnen auf, dass sie längst nicht mehr so ruhig und gefasst ist wie an dem Tag, als sie ihr den Tod ihres Mannes mitteilen mussten.

In der Gerichtsmedizin wird Frau Kirchhoff ganz still. Frau Hoffmann bleibt direkt neben ihr.

Der Arzt hebt kurz das Tuch, das auf dem Toten liegt, hoch. Frau Kirchhoff sieht sich das Gesicht des Toten an und bricht sofort in Tränen aus. Frau Hoffmann hakt sich bei ihr ein und stützt sie.

„Ist das ihr Mann Walter Kirchhoff?" fragt sie.

Erika Kirchhoff nickt mit dem Kopf und murmelt ziemlich leise: „Ja."

Sie bringen Frau Kirchhoff zurück zu ihrem Haus. Dort ist zum Glück ihre Schwester Maria aus Mettmann da. Auch die Kinder sind inzwischen zu Hause.

Die beiden Kommissare verabschieden sich und fahren zur Dienststelle.

„Das sind so die schlimmsten Momente in unserem Beruf", sagt Otto Kerner.

„Irgendwie geht mir das immer wieder unter die Haut, obwohl ich das schon so oft machen musste", erwidert Helga Hoffmann.

„Jetzt haben wir schon wieder einen Mordfall hier in der Neustadt. Vor kurzem hatten wir doch erst den Fall „Anton Kruse", meint Otto Kerner.

„Ja, das war zwar nicht unbedingt ein Mord. Vielleicht war es eine Bedrohung mit einem tödlichen Unfall.

„Aber hier wissen wir noch zu wenig. Es kann ein Selbstmord sein oder aber ein Mord. Vielleicht ist auch hier Eifersucht das Motiv", überlegt Otto Kerner.

„Zuerst werden wir unsere Ermittlungen darauf konzentrieren, was der Grund dafür ist, dass der verstorbene Walter Kirchhoff diese Wohnung gemietet hat. Offensichtlich sollte es eine Art Liebesnest für ihn sein. Aber mit wem, mit wechselnden Frauen oder mit einer Frau."

„Hoffentlich nicht mit Kindern", sagt Otto.

„Das ist unwahrscheinlich. Danach sieht es zum Glück nicht aus."

Im Büro liegt inzwischen der Bericht der Spurensicherung.

„Am meisten interessiert mich, welche Fingerabdrücke gefunden wurden", meint Helga.

Otto liest den Bericht:

„Auf dem Küchenmesser, auf dem Griff des Schraubenziehers und an den Glasresten hat die Spurensicherung ausschließlich die Fingerabdrücke von Walter Kirchhoff gefunden. Fremde Abdrücke sind nicht erkennbar."

„Das sieht bisher alles nach Selbstmord aus."

„Oder es hat ihn doch jemand ermordet und ganz geschickt die Spuren manipuliert."

Wir werden sein gesamtes Umfeld und sein Privatleben durchleuchten müssen. Das wird für seine Frau, Erika Kirchhoff, mit Sicherheit eine sehr schwere Zeit werden. Wir können sie nicht von allem fernhalten."

„Im Gegenteil", sagt Otto, „wir brauchen ihre Unterstützung."

Kapitel 12

Für die beiden Ermittler steht fest, dass sie zuerst das private und das dienstliche Umfeld von Walter Kirchhoff durchleuchten müssen. Sie wollen Frau Kirchhoff soweit wie möglich schonen.

Sie hat ja jetzt alles allein zu regeln und zu organisieren, auch das, was bisher ihr Mann erledigt hat. Zum Glück hilft ihr die Schwester Maria aus Mettmann im Haushalt mit ihren vier Kindern und bei der Abwicklung der Beerdigung. Auch Reiner Wolle hat ihr seine Hilfe angeboten.

Helga Hoffmann und Otto Kerner wollen zuerst versuchen, mit Erika Kirchhoff zu reden. Vielleicht kann sie entscheidend bei der Aufklärung helfen.

Sie fahren zu ihrem Haus in Halle-Kröllwitz, Kirschbergweg Nr. 32. Die Kinder sind in der Schule. Frau Kirchhoff ist allein.

„Guten Tag", begrüßt Hauptkommissarin Hoffmann Frau Kirchhoff, „wie geht es Ihnen? Es ist sicher eine schwere Zeit für Sie."

Erika Kirchhoff bekommt feuchte Augen:

„Guten Tag. Es ist nicht leicht. Wenn ich nur wüsste, warum Walter in der Wohnung war und wie er gestorben ist."

„Deswegen sind wir hier. Wir wollen Ihnen helfen, den Tod Ihres Mannes schnell aufzuklären."

Sie gehen ins Wohnzimmer und nehmen Platz.

„ Hatte Ihr Mann eine Krankheit? War er vielleicht verzweifelt?"

„Nein, ganz bestimmt nicht. Ich bin außerdem fest davon überzeugt, dass er ermordet wurde. Walter hätte sich niemals selbst das Leben genommen."

Wissen Sie, ob er in ärztlicher Behandlung war? Hatte er einen Hausarzt?"

„Nein. Ich weiß es nicht. Er hatte grundsätzlich zu Ärzten kein Vertrauen. Er sagte immer: ‚Wenn du zum Arzt gehst und den Kopf unter dem Arm trägst, dann gibt er dir die Diagnose: ‚Sie sind tot, Sie haben den Kopf unter dem Arm'.

Er war der festen Meinung, dass der Arzt einen Patienten nun mal nicht so gut kennen kann, als dass er in 10 Minuten Behandlungszeit etwas bewirken kann. Schließlich ist jeder Mensch mit sich und seinem Körper ständig zusammen. Der Arzt sieht ihn nur 10 Minuten."

„Haben Sie in seinen Sachen irgendwelche Medikamente gefunden?"

„Nein, er nahm keine Tabletten. Wir haben auch überhaupt keine Tabletten im Haus."

„Dann hilft uns das wohl nicht weiter", sagt Helga Hoffmann."

Otto Kerner will Frau Kirchhoff trösten:

„Sie können natürlich Recht haben mit Ihrer Vermutung, dass er umgebracht wurde. Offensichtlich sehen Sie keinen Grund dafür, dass Ihr Mann sich selbst in dieser fremden Wohnung umgebracht hat."

„Genau das meine ich."

„Können Sie uns überhaupt keinen Ansatz dafür geben, wer ihn töten wollte?" fragt Helga Hoffmann.

„Er hatte mit so vielen Menschen zu tun, im Büro, mit Baufirmen, im Sportverein, in der Politik und und und.

Walter hat mir nie etwas von seinen Tätigkeiten erzählt. Oft kam er ja auch erst spät abends nach Hause. Dann wollte ich ihn nicht noch mit meinen Fragen nerven."

Helga Hoffmann steht auf:

„Das war es erst einmal, Frau Kirchhoff. Vielen Dank. Wir werden mit Sicherheit noch mehrmals zu Ihnen kommen. Im Moment werden wir in alle Richtungen weiter ermitteln und andere Spuren auswerten.

Auf Wiedersehen."

Die Spurensicherung hat das Handy des Toten sichergestellt. Vielleicht gibt die Auswertung den beiden Kommissaren entscheidende Hinweise darauf, mit wem Walter Kirchhoff neben seiner beruflichen Tätigkeit privaten Kontakt hatte.

Vielleicht lässt sich daraus erkennen, warum er die Wohnung in der Neustadt gemietet hat.

Otto Kerner nimmt sich das Adressbuch auf dem Handy vor. Die meisten Einträge kann er sofort Personen zuordnen, mit denen Walter Kirchhoff beruflich zu tun hatte. Ihm ist bewusst, dass auch in diesem Personenkreis jemand dabei sein kann, über den die Polizei einen Hinweis auf die Wohnung Traberstraße 17 bekommen können.

In den nächsten Tagen überprüfen beide Ermittler nach und nach die gespeicherten Telefonnummern. Eine heiße Spur ergibt sich daraus leider nicht.

Neben den Einträgen der Telefonnummern seiner Frau und seiner vier Kinder sind Nummern von Bekannten aus Münster gespeichert.

Einige Nummern in dem Verzeichnis kann Otto noch nicht zuordnen.

Er muss auch diese Nummern anrufen, um zu ermitteln, wer für Walter Kirchhoff so wichtig war, dass sie gespeichert hat.

Nach und nach ruft Otto dort an.

Bei vielen stellt sich heraus, dass es Privatnummern von Kolleginnen und Kollegen oder anderen Bekannten sind.

Bei einer dieser Nummern meldet sich eine Frauenstimme: „Hallo, ich bin Carmen. Möchtest du, dass wir uns näher kennenlernen? Dann rufe bitte die Nummer 0173 564321 an. Wir vereinbaren einen Termin." Otto drückt die Verbindung sofort weg.

Seine Entdeckung erzählt er seiner Kollegin Helga.

Sie veranlasst sofort, dass der Telefonanbieter der Polizei die Person und die Adresse mitteilt, die sich hinter dieser Telefonnummer verbirgt.

Noch kann es ja sein, dass es sich hier um eine der üblichen Kontaktnummern handelt, mit denen Frauen Sex anbieten.

Aber vielleicht hilft es der Polizei bei den Ermittlungen weiter. Immerhin war die Nummer Walter Kirchhoff so wichtig, dass er sie in seinem Handy gespeichert hat.

Die Anfrage bei dem Telefonanbieter ergibt, dass sich hinter dem Namen "Carmen" die 23-jährige Frau Judith Ammermann verbirgt.

Sie bewohnt auf der Kröllwitzer Straße Nr. 52 eine Zweizimmerwohnung. Als Beruf hat sie "Krankenschwester" angegeben.

Helga Hoffmann hat die Idee, dass ihr Kollege die Nummer 0173 564321 anruft. Er soll sich ruhig erst einmal als Mann melden, der ein Abenteuer mit Carmen will.

Das klappt schon beim zweiten Versuch. Er verabredet sich mit Carmen alias Judith für den nächsten Tag, nachmittags um 16.00 Uhr in ihrer Wohnung Kröllwitzer Straße Nr. 52.

Es ist ein regnerischer Herbsttag.

Otto fährt mit seinem Privatwagen zu dem Treffen. Eine Zufahrt neben dem Eingang führt zu einem Parkplatz im Hof des Hauses. Er stellt sein Auto dort ab.

Wie verabredet Punkt 16.00 Uhr steht Otto vor einem ganz normalen 2-geschossigen Wohnhaus und schellt in der zweiten Etage bei Carmen.

Über eine Sprechanlage meldet sich eine Frauenstimme:

„Wer ist da?"

Otto nennt seinen Namen. Der Türöffner summt und er kann hineingehen.

An der Wohnungstür öffnet ihm eine junge hübsche Dunkelhaarige. Otto schätzt ihr Alter auf 20 bis 25 Jahre.

Sie trägt ein schlichtes schwarzes, ärmelloses Kleid mit einem V-Ausschnitt.

Otto ist angenehm überrascht, weil sie auf ihn wie eine ganz normale junge Frau wirkt. Er stellt sich vor:

„Otto Kerner. Guten Tag, wir haben telefoniert."

„Ja. Hallo, ich bin Carmen. Kommen Sie herein."

Sie führt Otto in ein gemütliches Wohn- Schlafzimmer mit einer großen Liege in der Mitte.

„Wollen wir etwas trinken? Ein Glas Sekt vielleicht?"

„Ja, gerne", sagt Otto.

Sie holt Sekt und zwei Gläser und stößt mit Otto an:

„ Du bist das erste Mal hier und sicher nicht nur zum Sekt trinken. Was kann ich für dich tun. Willst du das volle Programm? Ich arbeite allerdings nur mit Gummi."

„Hoppla", denkt Otto, „die kommt aber gleich zur Sache, zu dem Geschäftlichen. Irgendein Vorspiel, ein Gespräch oder Kennenlernen hat sie wohl nicht eingeplant."

Otto findet Carmen, alias Judith, sofort sehr hübsch und sympathisch. Er kann sich gut vorstellen, mit ihr zusammen intim zu werden. Aber er ist ja im Dienst und hier bei ihr, um etwas über Walter Kirchhoff zu erfahren."

Deshalb muss er leider abrupt beenden, was gerade erst hätte beginnen können:

„Ich finde dich sehr nett und attraktiv, Carmen", sagt Otto, „es tut mir leid, aber ich bin hier, um mit dir über Walter Kirchhoff zu reden."

Dabei zeigt er ihr seinen Dienstausweis.

Judith ist jetzt gar nicht mehr so freundlich. Schlagartig ändert sich ihre Stimme:

„Irgendwie hatte ich sofort das Gefühl, dass mit dir etwas nicht stimmt. Ich gebe aber grundsätzlich keine Auskunft über Kunden. Das Beste ist, Sie gehen."

Otto wird jetzt ganz formell:

„Sie sehen, dass ich Polizist bin. Wir ermitteln im Mordfall ‚Walter Kirchhoff'. Er wurde tot aufgefunden."

„Und warum kommen Sie zu mir? Was habe ich damit zu tun? Außerdem erfahre ich erst jetzt gerade von Ihnen, dass Walter Kirchhoff tot ist. Ich kann Ihnen wirklich nicht helfen. Wie kommen Sie überhaupt darauf, dass ich etwas weiß oder mit seinem Tod etwas zu tun haben könnte?"

„Wir überprüfen alle, mit denen Walter Kirchhoff Kontakt hatte und deren Telefonnummer er in seinem Handy gespeichert hat. Sie gehören auch zu diesen Personen. Deswegen bin ich hier.

Wie oft haben Sie ihn hier getroffen? Hat er nur Ihre Liebesdienste gewollt oder kannten Sie sich auch privat?"

„Er kam mindestens einmal in der Woche. Er war ein Kunde wie viele andere auch. Natürlich hatte ich keinen privaten Kontakt zu ihm."

„Seit wann kam er zu Ihnen?"

Judith überlegt:

„Wie er mir erzählt hat, ist seine Familie im Juli von Münster nach Halle gezogen. Da kam er schon regelmäßig zu mir. Ich meine, dass er etwa ab März zu mir kam."

„Dann ist er schon monatelang Ihr Stammkunde?"

„Ja."

„Hat er immer pünktlich bezahlt? Immerhin kommt da ja so einiges zusammen, wenn er regelmäßig kam."

„Ich kann mich nicht beklagen. Ich habe nie auf mein Geld warten müssen. Walter hat immer sofort bezahlt. Er war da sehr genau und großzügig."

„Hatten Sie denn nicht das Gefühl, dass er sich in Sie verliebt hat? Schließlich kam er so oft, dass es doch naheliegt, dass Sie für ihn mehr waren als nur eine Prostituierte."

„Er wollte nicht immer nur Sex. Er hat mit mir über alles Mögliche geredet. Das ist nicht ungewöhnlich, das wollen viele Männer, die zu mir kommen."

„Aber Herr Kirchhoff ist doch verheiratet. Haben Sie sich nicht gewundert, dass er offensichtlich mit Ihnen mehr bespricht als mit seiner Frau?"

„Er hat mir immer wieder versichert, dass er sich mit mir so gut unterhalten kann, viel besser als mit seiner Frau. Sie würde ihn überhaupt nicht oder alles falsch verstehen. Es war ihm nicht genug, dass sie ihn anhimmelt. Er suchte in mir offensichtlich die Partnerin, die er zu Hause nicht hatte.

Seine Frau wäre zufrieden, wenn er eine gute Position im Beruf hat, viel Geld verdient und die Familie gut davon leben kann. Außerdem wäre sie stolz, dass er es soweit gebracht hat."

„Hat Herr Kirchhoff Ihnen gegenüber mal gesagt, dass er in Halle-Neustadt eine Wohnung mieten will? Nach allem, was Sie mir gerade erzählt haben, wahrscheinlich als eine Art Treffpunkt ausschließlich für Sie beide?"

„Nein, davon weiß ich nichts."

Otto bedankt sich:

„Vielen Dank für Ihre Angaben. Sie haben mir sehr geholfen. Mit Sicherheit werden wir noch mehr von Ihnen wissen wollen. Immerhin kannten Sie den Toten ziemlich gut."

Am nächsten Tag kommt Otto ins Büro. Seine Kollegin Helga hat ein breites Grinsen auf dem Gesicht:

„Na, Otto, wie war es gestern? Hat es dir gefallen?"

„Blöde Frage. Das nächste Mal gehst du zu solch einem Verhör. Ich muss das nicht haben."

„Ich als Frau?"

„Dann geht eben der Herr Staatsanwalt persönlich."

„Nun sei doch nicht so empfindlich. Ich weiß doch, dass gerade solch eine Befragung nicht gerade leicht ist. Wenn wir Judith noch einmal befragen müssen, laden wir sie vor."

Otto fragt immer noch leicht gereizt:

„Kann ich jetzt vernünftig mit dir besprechen, was ich gestern bei Judith Ammermann erfahren habe?"

„Ja, nun leg schon los."

Nachdem er alles seiner Kollegin Helga Hoffmann erzählt hat, ist sie überrascht:

„Diese Angaben sind interessant. Offensichtlich wollte Walter Kirchhoff mit Judith eine dauerhafte Beziehung haben. Vielleicht war ihm das aber gar nicht richtig bewusst. Er hatte in Judith eine Frau gefunden, die so war, wie er es sich immer gewünscht hat."

Otto glaubt das auch:

„Das stimmt wahrscheinlich. Was ist das nur für ein Mann, der mit seiner Frau vier Kinder bekommt und erst dann merkt, dass er eine neue feste Beziehung mit einer Prostituierten will?"

Helga wendet ein:

„Wir müssen das ja nicht moralisch bewerten. Wir haben zu klären, ob Walter Kirchhoff ermordet wurde, wer ihn eventuell ermordet hat oder ob es Selbstmord war", meint Helga.

Otto überlegt:

„Wenn die Aussage von Judith stimmt, wusste sie nichts von der Wohnung in der Neustadt. Deswegen kommt sie als Täterin nicht in Frage. Außerdem hat sie kein Motiv. Warum sollte sie einen ihrer besten Kunden töten?"

„Wir müssen zur Klärung des Falles wohl oder übel das Leben von Walter Kirchhoff weiter durchleuchten. Hatte er Feinde? Woher hatte er das Geld, um Judith zu bezahlen und die Wohnung zu mieten? Was weiß Frau Kirchhoff? Sie müsste doch mehr über ihren Mann wissen und uns weiter helfen können", ist Helgas Meinung.

Nachmittags fahren die beiden Kommissare zum Haus von Erika Kirchhoff.

Sie haben Glück. Frau Kirchhoff ist zu Hause und öffnet auf ihr Schellen hin die Haustür:

„Guten Tag, Frau Kirchhoff. Können wir herein kommen? Wir haben noch ein paar Fragen."

„Bitte schön, kommen Sie. Das ist meine Schwester Maria aus Mettmann. Sie hilft mir und unterstützt mich."

Im Wohnzimmer entschuldigt sich Helga Hoffmann: „Es tut uns leid, dass wir Sie wieder belästigen müssen. Aber Sie wollen ja auch, dass der Tod Ihres Mannes aufgeklärt wird."

„Ja, es ist alles ganz schrecklich", sagt Frau Kirchhoff und weint.

Als sie sich wieder etwas beruhigt hat, fragt Helga:

„Wissen Sie inzwischen, warum Ihr Mann in dieser Wohnung war? Hat Ihnen vielleicht sogar jemand der Bekannten und Kollegen Ihres Mannes gesagt, wem die Wohnung gehört?"

„Nein. Ich dachte, dass Sie das ermittelt haben und den Besitzer der Wohnung kennen?"

„Das haben wir, Frau Kirchhoff, wir wissen inzwischen, dass Ihr Mann die Wohnung gemietet hat."

„Das glaube ich nicht. Was wollte er denn mit der Wohnung? Wir haben doch gerade erst dieses Haus gekauft. Sind Sie sich da ganz sicher?"

„Ja, daran besteht kein Zweifel. Wer von seinen Kollegen und Freunden könnte uns weiter helfen und kennt vielleicht den Grund dafür, dass er die Wohnung gemietet hat."

„Walter hat schon in Münster sehr viel mit der Firma Wolle-Hoch-Tief zusammen gearbeitet. Mit dem Sohn Reiner und seiner Freundin Sarah waren wir in Münster befreundet und in einem Kegelclub.

Reiner Wolle hat hier in Halle schon vor einem Jahr eine Zweigniederlassung der Baufirma gegründet. Reiner weiß bestimmt mehr über Walter. Sie waren gerade hier in Halle sehr oft zusammen."

„Das ist für unsere Ermittlungen ein guter Hinweis. Ihr Mann hatte bei seinem Beruf als Bauingenieur im Tiefbauamt der Stadt Halle mit vielen Firmen und Bauleuten zu tun. Hat er mit Ihnen darüber gesprochen?"

„Eigentlich nicht. Doch, da fällt mir ein, dass er vor ein paar Wochen mal geschimpft hat über die Arbeiter aus Rumänien und Polen, die hier Scheinfirmen gründen und als Subunternehmer arbeiten. Er sagte damals, dass viele von ihnen hier illegal arbeiten und wohl auch schlecht arbeiten. Als Vertreter der Behörde müsste er da immer wieder eingreifen."

„Können Sie uns Namen nennen oder noch mehr darüber sagen?"

„Nein. Reiner Wolle wird Ihnen dazu wahrscheinlich mehr sagen können."

„Wurde Ihr Mann bedroht? Hat er sich dazu mal geäußert?"

„Nein. Er hat mir ja nicht viel über seine Arbeit und seine Kontakte erzählt. Von einer Bedrohung hat er nie gesprochen. Aber wenn ich daran denke, wie er jetzt gestorben ist, kann ich mir schon vorstellen, dass solche Leute ihn ermordet haben."

„Sie wissen aber nichts Konkretes?"

„Nein."

Ihre Schwester Maria mischt sich ein:

„Wir sprechen jetzt oft über Walter. Wir glauben beide nicht, dass er freiwillig sterben wollte. Irgendjemand hat ihn ermordet und den Tod so geschickt manipuliert, dass es wie Selbstmord aussieht."

Hauptkommissarin Hoffmann antwortet sehr ernst:

„Genau das wollen wir klären. Deshalb ermitteln wir sehr intensiv. Sie können sich auf uns verlassen. Wir werden die Umstände, die zum Tod Ihres Mannes geführt haben, heraus bekommen.

Wir bedanken uns bei Ihnen. Sie haben uns einige interessante Hinweise gegeben. Vielen Dank. Auf Wiedersehen."

Helga Hoffmann und Otto Kerner gehen.

Otto ist ganz zufrieden:

„Wir werden als nächstes den Firmenchef der Firma Wolle, Reiner Wolle, befragen. Ich habe das Gefühl, dass er uns einiges über Walter Kirchhoff erzählen kann."

„Das glaube ich auch", sagt Helga.

Die beiden Ermittler wollen den Tod von Walter Kirchhoff möglichst schnell aufklären.

Sie machen kurzfristig einen Termin bei Reiner Wolle in dessen Büro.

Er ist gegenüber den beiden Kommissaren sehr offen und aufgeschlossen. Auch ihm ist sehr daran gelegen, dass der Tod von Walter schnell aufgeklärt wird.

Helga fragt ihn:

„Herr Wolle, Sie hatten doch schon in Münster engen Kontakt zu Walter Kirchhoff. Wissen Sie, warum Herr Kirchhoff die Wohnung Traberstraße gemietet hat?"

„Nein. Als ich das hörte, war ich selbst überrascht."

Kennen Sie Judith Ammermann, alias Carmen?"

„Nein. Ich vermute, dass sie eine Prostituierte ist."

„Wie kommen Sie darauf?"

„Sie fragen so eigenartig nach der Frau mit dem Namen ‚Carmen'. Das klingt sehr danach."

„Wussten Sie, dass Walter Kontakt zu dieser Prostituierten hatte?"

„Nein. Als er in den ersten Monaten von Münster nach Halle gekommen ist, ohne seine Familie, war ich ein paarmal mit ihm nachts in einem Partyclub. Aber bitte erzählen Sie das nicht meiner Freundin Sarah und auch nicht Walters Frau Erika. Sie hätte ihm das nie zugetraut und muss es jetzt nach seinem Tod nicht von Ihnen erfahren."

„Wir werden es versuchen soweit das möglich ist."

„Wissen Sie, woher Ihr Freund so viel Geld hatte, dass er sich diese Barbesuche leisten konnte? Das ist ja nicht gerade billig, mit hübschen Damen im Club eine Nacht zu verbringen."

„Walter hatte durch den Verkauf des Hauses in Münster Reserven. Außerdem hat er als Abteilungsleiter ein gutes Gehalt."

„Das wissen Sie natürlich besser als ich. Aber er hatte doch auch hohe Ausgaben für den Ausbau des neuen Hauses.

Außerdem kostet eine Familie mit vier schulpflichtigen Kindern eine Menge Geld."

Otto mischt sich ein:

„Hatte Walter Kirchhoff Feinde?"

Reiner zuckt mit den Schultern:

„Soviel ich weiß, war er überall beliebt. Ich kann mir nicht vorstellen, dass jemand einen solchen Hass auf ihn hatte, dass er ihn ermordet."

„Frau Kirchhoff meint, dass es auf den Baustellen Probleme mit Subunternehmern, mit Scheinfirmen und mit illegalen Arbeitern gab. Arbeiten solche Leute auf Ihren Baustellen?"

Reiner reagiert ziemlich heftig:

„In meiner Firma ist alles in Ordnung. So etwas gibt es bei mir nicht."

Helga Hoffmann beruhigt ihn:

„Herr Wolle, wir sind nicht von der Gewerbeaufsicht und nicht Betriebsprüfer vom Finanzamt. Wir sind von der Mordkommission und wollen den Tod von Walter Kirchhoff aufklären. Hatte Herr Kirchhoff solche Fälle von illegalen Arbeitern festgestellt?"

„Auf dem Bau kann das schon mal vorkommen. Aber das ist mit Sicherheit für niemanden ein Motiv, den Abteilungsleiter des Tiefbauamtes umzubringen. Da wäre ich als Firmenchef schon eher gefährdet."

Diese Befragung hat die beiden Ermittler bei der Lösung des Falles nicht weitergebracht.

Auf der Rückfahrt im Auto macht sich Otto so seine Gedanken:

„Woher hat Walter Kirchhoff nur das viele Geld gehabt? Die Familie kostet Geld. Dazu die Barbesuche und die regelmäßigen Stunden mit Judith. Dazu kommt ja auch noch die Miete für die Wohnung Traberstraße 17.

Wie hat er das nur finanziert?

Ich glaube, da sollten wir als nächstes ansetzen. Vielleicht erfahren wir mehr darüber in seiner Dienststelle im Tiefbauamt."

Kapitel 13

Reiner Wolle gehen die Fragen der Polizei immer wieder durch den Kopf. Sein Freund Walter hat sich in den letzten Wochen vor seinem Tod verändert. Er wirkte auf ihn längst nicht mehr so aktiv und optimistisch wie früher.

Manchmal hatte Reiner das Gefühl, dass Walter oft mit seinen Gedanken ganz woanders war. Irgendetwas bedrückte ihn.

Inzwischen hat er ja von der Polizei erfahren, dass Walter mit Judith Ammermann ein enges sexuelles Verhältnis hatte. Wahrscheinlich hat er für ihr gemeinsames Liebesleben die Wohnung Traberstraße gemietet.

Reiner kannte Erika und Walter sehr gut. Er kann sich vorstellen, dass zwischen den beiden nicht mehr viel lief. Erika war viel zu naiv, um zu merken, dass Walter in dem Punkt schon lange nicht mehr zufrieden war.

Wahrscheinlich hat Walter sich bei Judith eingebildet, dass sie die erste Frau in seinem Leben ist, die ihn wirklich versteht. Mit ihr konnte er sich über alles unterhalten. Vor allem hatte er bei ihr keine alltäglichen Probleme.

Er kam zu ihr, sie hatten Sex und wie er dachte, liebte sie ihn und verstand ihn, er bezahlte und ging.

Zu Hause war alles viel komplizierter. Mit Erika konnte er nichts besprechen. Sie verstand alles falsch oder gar nicht. Außerdem hatten seine vier Kinder immer irgendetwas, um das er sich kümmern sollte.

Am nächsten Tag ruft Hauptkommissarin Helga Hoffmann im Tiefbauamt an. Sie wird mit Frau Bellmann, dem Vorzimmer des Amtsleiters Wenning, verbunden.

Der Chef von Walter Kirchhoff ist nicht überrascht und sagt, dass er schon seit einiger Zeit mit einem Anruf der Polizei gerechnet hat.

Er schlägt für den Nachmittag einen Termin im Stadthaus vor und erklärt Helga Hoffmann:

„Kommen Sie zu mir in mein Büro. Bei dem Gespräch wird jemand vom Personalamt und ein Vertreter vom Personalrat dabei sein."

Helga ist ein wenig überrascht, dass bei dem Gespräch mehrere Personen kommen sollen. Aber sie denkt:

„Das ist typisch Behörde. Sofort müssen mehrere Stellen beteiligt werden. Das gibt es auch oft genug bei der Polizeidirektion."

Um 15.00 Uhr kommen die beiden Kommissare zum Tiefbauamt zu Herrn Wenning.

Nach der Begrüßung untereinander kommt Helga Hoffmann gleich zur Sache:

„Sie wissen alle, um was es hier geht?"

„Ja", sagt Herr Wenning. „Ich nehme an, es geht um den Tod unseres Mitarbeiters Walter Kirchhoff."

Helga nickt:

„Wir versuchen zu klären, unter welchen Umständen er gestorben ist. Kurz gesagt, war es Selbstmord oder liegt ein Fremdverschulden vor. War es vielleicht Mord?"

„Dazu können wir Ihnen leider nichts sagen. Das wissen wir auch nicht", bemerkt Herr Wenning.

„Das haben wir nicht erwartet. Wir möchten das Arbeitszimmer und den Schreibtisch von Herrn Kirchhoff untersuchen. Vielleicht finden wir dort wichtige Hinweise. Außerdem haben wir einige Fragen an Sie."

„Was möchten Sie wissen?"

„Bei den Ermittlungen ist uns aufgefallen, dass der Verstorbene in den letzten Monaten weit über seine finanziellen Verhältnisse gelebt hat. Es wäre sehr wichtig, wenn wir von Ihnen dazu einiges erfahren könnten."

Hier mischt sich der Kollege Kühne vom Personalamt ein:

„Seit einiger Zeit laufen bei uns interne Ermittlungen gegen Walter Kirchhoff. Es gibt bei den Aufträgen an Baufirmen Unregelmäßigkeiten."

Otto Kerner fragt:

„Können Sie etwas konkreter werden? Was für Unregelmäßigkeiten?"

„Er soll Aufträge so manipuliert haben, dass bestimmte Firmen den Zuschlag bekommen.

Außerdem soll er für diese Gefälligkeiten Bestechungsgeld und auch Sachwerte wie seine gesamte private EDV-Ausrüstung bekommen haben.

Zurzeit prüfen wir, ob er darüber hinaus im Rahmen seiner Möglichkeiten Geld unterschlagen hat. Er soll einige Firmen veranlasst haben, Scheinrechnungen an die Stadt auszustellen. Das Geld hat er dann von den Firmen bekommen."

„Das sind aber gewaltige Vorwürfe", wundert sich Helga Hoffmann, „seit wann sind Ihnen diese Dinge bekannt?"

„Seit etwa zwei Monaten haben wir den Verdacht."

„Dann musste Walter Kirchhoff mit einem Disziplinarverfahren rechnen. Wusste er davon?"

„Ich denke, er hat wohl gemerkt, dass seine Arbeit genauer geprüft wurde und dass sich da etwas zusammenbraut. Er war ja nicht dumm. Ich glaube, er befürchtete seit einiger Zeit, dass seine Tricksereien irgendwann auffallen."

„Wer weiß hier in der Verwaltung von diesen Untersuchungen?"

„Bisher nur Herr Wenning, ich vom Personalamt und hier der Kollege vom Personalrat, den wir bei derartigen Verdachtsfällen immer sofort einschalten müssen."

Helga Hoffmann bedankt sich und bittet Herrn Wenning, ihnen das Zimmer von Walter Kirchhoff zu zeigen.

Die vier Schreibtischladen sind verschlossen.

„Haben Sie Schlüssel für die Laden?" fragt Helga Herrn Wenning und erinnert sich, dass die Spurensicherung bei dem Toten einen Schlüsselbund gefunden hat, bei dem wahrscheinlich die Büroschlüssel dabei waren.

„Ich glaube der Kollege Meier hat eine ganze Sammlung von Schreibtischschlüsseln. Ich hole ihn. Vielleicht haben wir Glück."

Herr Meier kommt mit einem ganzen Kasten verschiedenster Schlüssel.

Nach einiger Zeit hat er den passenden Schlüssel.

Otto durchsucht alle vier Laden. Herr Wenning steht neben ihm und begutachtet das Ganze.

In einer Lade bewahrt Walter Kirchhoff in einer Aktenmappe offensichtlich private Schreiben auf:

„Können wir diese Mappe mitnehmen?", fragt Helga Herrn Wenning.

„Wenn es für Ihre Ermittlungen wichtig ist, nehmen Sie sie mit. Was Sie nicht benötigen, bringen Sie uns bitte wieder."

Die beiden Polizeibeamten bedanken sich bei Herrn Wenning und verabschieden sich.

Als sie zusammen mit dem Auto zurück zur Dienststelle fahren, bemerkt Otto ganz trocken:

„Typisch Behörde, fast wie bei uns."

„Ja", sagt Helga, „wir haben jetzt aber eine Menge an neuen Informationen bekommen. Diese Privatmappe hat vielleicht noch einige Überraschungen für uns. Die schaue ich mir im Büro als erstes genau an."

Im Büro nimmt sie sich sofort die Mappe vor.

Als erstes fällt ihr ein kleiner Briefumschlag mit einem Schlüssel darin auf. Sie nimmt den Schlüssel heraus und zeigt ihn Otto:

„Der sieht aus wie ein Türschlüssel. Moment,. Das könnte der fehlende zweite Schlüssel für die Wohnung Traberstraße 17 sein? Du hast doch die Tür dort abgeschlossen und den Schlüssel mitgenommen. Vergleiche ihn doch mal damit."

„Es ist der gleiche Schlüssel. Offensichtlich hatte er einen Wohnungsschlüssel bei sich und hat den zweiten im Büro deponiert. Wenn es nur diese beiden Schlüssel gibt, ist die Theorie mit einem unbekannten Dritten, der bei Walter Kirchhoff in der Wohnung war und die Tür von außen verschlossen hat, hinfällig."

Helga Hoffmann nimmt sich die anderen Briefe, Schreiben und Aufstellungen in der Mappe vor:

„ Das meiste hier sind seine Finanzaufstellungen und private Briefe von seinen Tätigkeiten beim Sportverein, aus der Politik und seiner Familie.

Halt, hier habe ich etwas Interessantes. Dieser Brief ist an eine Familie Ammermann in Potsdam adressiert.

Judith Ammermann, die er regelmäßig für seine sexuelle Befriedigung besucht und bezahlt, kommt doch aus Potsdam."

„Was steht denn in dem Brief?"

Otto ist ganz neugierig: „Gibt es vielleicht doch noch einen Hinweis auf ein Verbrechen?"

Helga liest den Brief laut vor:

„Sehr geehrte Familie Ammermann,

Wie Sie wissen, lebt ihre Tochter Judith in Halle.

Hier arbeitet sie aber nicht, wie sie Ihnen gesagt hat, als Krankenschwester. Sie ist Prostituierte, schläft mit vielen Männern und verdient damit viel mehr Geld, als wenn sie als Krankenschwester arbeiten würde."

Den Brief hat er dem Datum nach am 20.10. geschrieben.

„Ist das nur eine Durchschrift oder hat er diesen Brief der Familie geschickt?" fragt sich Otto.

„Dazu werden wir Judith befragen", sagt Helga. „Wenn ihre Familie diesen Brief bekommen hat, ist für die wahrscheinlich eine Welt zusammen gebrochen."

„Und Judith hat jetzt Probleme ohne Ende. Wie soll sie das alles ihrer Familie erklären?"

„Vielleicht hat Walter Kirchhoff den Brief aber nicht abgeschickt sondern Judith damit nur unter Druck gesetzt. Er wollte sie für sich allein."

„Das klingt logisch. Dafür hat er wahrscheinlich die Wohnung Traberstraße gemietet."

„Solch eine Erpressung ist ganz sicher ein sehr starkes Mordmotiv. Vielleicht war es doch Mord."

Die beiden Ermittler laden Judith Ammermann für den nächsten Tag vor.

Um 9.00 Uhr am nächsten Morgen kommt Judith.

Sie ist ziemlich sauer auf die Polizei und versteht nicht, was die beiden Kommissare noch von ihr wollen. Sie hat mit dem Tod von Walter nichts zu tun. Das hat sie doch schon vor längerer Zeit ausgesagt. Wozu dann diese Vorladung?

Helga Hoffmann beginnt:

„Bei unseren Ermittlungen haben wir festgestellt, dass Sie für Walter Kirchhoff mehr als nur eine Prostituierte waren. Ich frage Sie ganz direkt: Hat er sich in Sie verliebt?"

„Das kann schon sein. Ich wollte das aber nie. Nicht mit Walter und nicht mit irgendeinem anderen Freier. Mein Privatleben und meinen Job habe ich strikt getrennt."

„Das hat Walter Kirchhoff aber ganz anders gesehen. Er kam ja sehr regelmäßig und mindestens einmal in der Woche. Hat er nie mit Ihnen darüber gesprochen, dass Sie ihm mehr bedeuten als nur sexuelle Kontakte?"

„In der letzten Zeit hat Walter mir oft gesagt, wie viel ich ihm bedeute. Ich wollte nicht, dass er dachte, bei mir eine Sonderrolle zu haben. Er schwärmte davon, dass ich nur noch für ihn da bin."

„Bei der Schwärmerei ist es dann geblieben?"

„Nein, zuletzt verlangte er immer wieder von mir, keine anderen Freier mehr zu haben. Er war richtig eifersüchtig. Aber das geht in meinem Beruf ja gar nicht. Er hat sich da in etwas herein gesteigert. Mir war das furchtbar lästig."

Helga Hoffmann hakt jetzt nach:

„Wie haben Sie es geschafft, dass Walter das kapierte? Sie wollten ihn doch nicht als guten Kunden verlieren?"

„Er hat nicht bei jedem Treffen diese Forderungen gestellt. Meistens war er sehr nett zu mir."

„Er hat also nicht weiterhin versucht, Sie für sich allein zu haben?"

„Doch. Eines Tages kam er mit der Drohung, dass er meine Eltern darüber informieren werde, dass ich nicht als Krankenschwester arbeite sondern als Nutte.

Er glaubte doch tatsächlich, mich so von meinem Beruf abzubringen und seine persönliche Dauergeliebte zu werden. Mit einer Erpressung.

Ich habe ihm nur gesagt, dass mich das nicht beeindruckt und ich so weiter arbeiten werde wie bisher. Natürlich fand er das nicht so gut. Er wirkte schon fast deprimiert. Sie können sich vorstellen, dass an dem Tag nichts mehr zwischen uns gelaufen ist."

Otto mischt sich ein und holt den Brief aus der Tasche:

„Wir haben bei Walter Kirchhoff einen Brief gefunden, der Sie und Ihre Familie in Potsdam betrifft. Kennen Sie den Brief?"

Jetzt wird Judith ganz unruhig:

„Ist das der Brief? Darf ich ihn mal sehen?"

Otto gibt ihr den Brief. Sie liest ihn gar nicht. Offensichtlich kennt sie den Inhalt.

„Haben Ihre Eltern diesen Brief bekommen?" fragt Otto.

„Mein Bruder Heinz wohnt bei meinen Eltern. Er hat den Brief zuerst gelesen. Wie er mir später sagte, konnte er nicht glauben, was da über mich stand.

Vorsichtshalber hat er den Brief nicht meinen Eltern gezeigt. Er hat mich angerufen und gefragt, ob mich jemand ärgern oder mir schaden will oder ob das alles stimmt. Mit ihm habe ich mich immer gut verstanden. Ihm habe ich gebeichtet, dass ich mit Prostitution mein Gehalt aufbessere."

Helga will wissen:

„Wie hat er reagiert? Hat er Sie beschimpft oder war er sauer?"

„Natürlich konnte er zuerst gar nicht fassen, dass ich Nutte bin und nicht in der Klinik als Krankenschwester arbeite."

„Was hat er dazu gesagt, dass Walter Sie erpressen wollte?"

„Er hat genauso reagiert, wie ich ihn kenne. Er fackelt da nicht lange. Er hat mir gesagt, dass er nach Halle kommt und sich den Kerl vorknöpfen will."

„Und, ist er gekommen?"

„Ja. Er ist am nächsten Tag zu mir nach Halle gekommen und hat sich bei mir erkundigt, wo Walter Kirchhoff arbeitet."

„Waren Sie nicht besorgt, dass Ihr Bruder Heinz Walter etwas antun könnte?"

„Ich habe gedacht, er wird ihn wohl nicht gleich ermorden. Aber einen Denkzettel hat Walter Kirchhoff schon verdient. Schließlich habe ich ihm mehrfach gesagt, dass ich nicht nur für ihn alleine da bin. Entweder konnte oder wollte er das nicht verstehen.

Er war regelrecht besessen von dem Gedanken, ich sei sein Eigentum und seine Geliebte. Deshalb habe ich mich dann richtig geärgert, dass er mir drohte, meinen Eltern einen Brief zu schreiben. Durch so etwas hätte er mich doch nie für sich alleine bekommen."

„Was hat Ihr Bruder Heinz unternommen?"

„Heinz hat mir erzählt, dass er Walter nach Dienstschluss auf der Straße an seinem Auto angesprochen hat, als niemand in der Nähe war. Er hätte ihm gesagt, dass er mein Bruder ist und ein für allemal klar gemacht, dass er keine Erpresserbriefe den Eltern nach Potsdam schreiben soll. Die Familie wüsste ja alles über mich."

„Heinz kannte Walter doch gar nicht. Woher wusste er, ob er den Richtigen anspricht?"

„Ich habe Heinz das Autokennzeichen gegeben und ein Foto von Walter gezeigt, damit er Walter erkennt."

„Hat Heinz gesagt, wie Walter reagiert hat?"

„Er meinte, dass sein Auftreten Walter überrascht hätte. Er hätte wohl nicht damit gerechnet, dass mein Bruder Heinz kommt und ihn zur Rede stellt."

Helga ist skeptisch:

„Das war alles? Oder ist Heinz mit Walter Kirchhoff nicht doch in die Wohnung Traberstraße gegangen und hat ihn dort in der Badewanne getötet?"

„Nein, ganz sicher nicht. Heinz wusste doch genau wie ich nichts von der Wohnung dort."

„Er konnte Walter Kirchhoff gezwungen haben, mit ihm dorthin zu fahren?"

„Entschuldigen Sie. Aber das ist doch Blödsinn. Wenn Heinz nichts von dieser Wohnung wusste, konnte er Walter auch nicht zwingen, ihn mit in die Wohnung zu nehmen?"

Otto hat sich das alles angehört:

„Haben Sie oder Ihr Bruder Heinz wirklich erwartet, dass Walter Kirchhoff Sie jetzt in Ruhe lässt. Nach dieser Begegnung mit Heinz ist er bestimmt nicht wieder zu Ihnen gekommen. Ich kann mir nicht vorstellen, dass er weiterhin Ihr Kunde oder Geliebter sein wollte."

„Das war mir inzwischen egal. Es kommen genug andere nette Freier. Den Walter hätte ich ohnehin nicht mehr zu mir gelassen. Nach diesem Brief und der Erpressung war ich froh, dass er sich bei mir nicht mehr blicken ließ."

Die beiden Ermittler bedanken sich bei Judith:

„Vielen Dank. Sie können dann gehen. Im Moment haben wir keine weiteren Fragen an Sie."

Otto fragt Helga:

„Was meinst du, müssen wir Judiths Bruder Heinz Ammermann aus Potsdam auch vorladen?"

„Besser ist es", sagt Helga. „Ich glaube, Judith hat uns die Wahrheit gesagt. Wir müssen aber ganz sicher sein, ob Heinz Ammermann nicht doch in der Wohnung Traberstraße war. Wir brauchen seine Fingerabdrücke."

Sie laden Heinz Ammermann für den nächsten Tag vor.

Heinz ist ein robuster, etwas primitiver Mann, etwa 40 Jahre alt.

„Ich muss extra aus Potsdam kommen. Was wollen Sie von mir?"

Helga beginnt:

„Herr Ammermann, wie Ihre Schwester Judith uns erzählt hat, sind Sie Ende Oktober bei ihr in Halle gewesen? Was war der Grund für den Besuch"

„Ein Freier wollte Judith erpressen."

„Wieso konnte er sie erpressen? „

„Judith verdient ihr Geld als Nutte. Der besagte Freier war wohl ihr Stammkunde. Wie sie mir gesagt hat, wollte dieser Walter Kirchhoff sie ganz für sich alleine. Weil sie das nicht wollte, hat er nicht nur gedroht, unseren Eltern zu sagen, dass sie Nutte ist, er hat sogar am 20. Oktober einen Brief geschrieben. Zum Glück habe ich diesen Brief geöffnet bevor ihn unsere Eltern gelesen haben."

„Was haben Sie dann unternommen?"

„Ich bin nach Halle gefahren und habe Judith gesagt, dass ich ihr helfen werde, diesen lästigen Erpresser los zu werden."

„Wie sollte das denn möglich sein. Er kannte Sie doch gar nicht."

„Ich habe ihn nach der Arbeit angesprochen und ihm gedroht: „Wenn du weiter meine Schwester Judith erpressen willst, dann poliere ich dir die Fresse so gründlich, dass du nicht mehr wach wirst. Ich glaube, er hatte wirklich Angst vor mir. Das war ja auch der Sinn der Sache."

„Das kann man wohl schon als Morddrohung werten. Wir brauchen Ihre Fingerabdrücke für alle Fälle. Vielleicht waren Sie doch in der Wohnung."

„Ich kenne die Wohnung nicht und war nie dort. Deshalb weiß ich nicht, warum Sie meine Fingerabdrücke haben wollen. Aber es ist mir egal. Wenn es Ihnen hilft, ist es okay."

Wie die Ermittler schon vermutet haben, stellen sie im Bericht der Spurensicherung fest, dass sich nirgendwo in der Wohnung Traberstraße Fingerabdrücke von Heinz befinden. Offensichtlich war er nie dort. Nach den Unterlagen der Polizei ist Heinz Ammermann ein unbeschriebenes Blatt und noch nie straffällig geworden.

Otto hat still zugehört:

„Das passt doch alles zusammen:

Seit März ist Walter Kirchhoff Stammkunde bei Judith. Er verliebt sich in sie und will sie ganz für sich alleine.

Er mietet sogar eine Wohnung nur für ihr gemeinsames Liebesleben. Das Ganze kostet Geld, viel Geld. Walter hat noch Reserven vom Hausverkauf. Aber als das Geld knapp wird, unterschlägt er Geld und lässt sich bestechen.

Das alles macht er für sich und Judith.

Als er merkt, dass Judith nicht seine Geliebte sein will, versucht er, sie mit Gewalt an sich zu binden.

Immerhin hat er viel für ein Doppelleben mit ihr investiert. Ihm droht ein Disziplinarverfahren wegen der Unterschlagungen und Bestechungen. Er ahnte wohl, dass das auf die Dauer nicht gut gehen konnte.

Er hätte nicht nur seine Stellung beim Tiefbauamt verloren. Sein gesamtes gesellschaftliches Ansehen bei allen Vereinen und Gremien im Sport und in der Politik würde beendet sein. Für ihn würde eine Welt zusammenbrechen."

Helga überlegt:

„Er muss in der Zeit nach dem 20. Oktober Anfang November sehr verzweifelt gewesen sein. Wie er meinte, hatte er nicht nur Judith verloren, es drohten ihm Verfahren wegen Bestechlichkeit, Unterschlagung und Erpressung. Nach seiner Meinung gab es wohl keinen Ausweg mehr für ihn. Mit diesen Sorgen konnte er sich niemandem anvertrauen.

So hat er die letzte Möglichkeit gewählt: die freiwillige Selbsttötung."

Otto fasst zusammen:

„Das hört sich sehr plausibel an.

Aber es besteht immer noch die Möglichkeit, dass doch jemand Walter Kirchhoff getötet hat und diesen Mord sehr geschickt als Selbstmord getarnt hat.

Ich werde die gesamte Akte noch einmal in Ruhe durchlesen. Vielleicht haben wir irgendetwas übersehen, das doch auf Mord schließen lässt

„Für mich ist der Tod von Walter Kirchhoff aufgeklärt", sagt Helga. „Wenn du trotz der eindeutigen Fakten und Beweise Zweifel hast, nimm dir die Akte noch einmal vor."

„Ich werde unser Ermittlungsergebnis dem Staatsanwalt mitteilen. Dann haben wir noch die schwierige Aufgabe, das Ganze Frau Kirchhoff mitzuteilen."

Nach der Zustimmung des Staatsanwaltes fährt Helga Hoffmann am nächsten Tag zum Haus von Erika Kirchhoff.

Erika bittet die Hauptkommissarin herein. Offensichtlich geht es ihr nicht gut. Sie sieht schmal und krank aus.

Helga Hoffmann informiert Erika Kirchhoff:

„Guten Tag Frau Kirchhoff. Ich möchte Sie über den Stand unserer Ermittlungen informieren."

„Hat sich etwas Neues ergeben?"

„Im Wesentlichen nicht. Bisher können wir ziemlich sicher sagen, dass Ihr Mann alleine in der Wohnung Traberstraße in Halle-Neustadt gestorben ist."

Erika fragt ganz ungläubig: „Sie gehen immer noch davon aus, dass er sich das Leben genommen hat?"

„Es tut mir leid, Frau Kirchhoff. Bisher weist nichts darauf hin, dass ihn jemand ermordet hat. Wir haben sein gesamtes Umfeld und seine Kontakte im Beruf und im Privatleben durchleuchtet. Es gibt keinen einzigen Anhaltspunkt dafür, dass ein Fremdverschulden vorliegt."

Erika weint wieder:

„Ich denke ständig über diese schreckliche Geschichte nach. Er hatte doch Kontakt mit der Nutte. Vielleicht ist dort der Mörder zu suchen.

Außerdem waren die Fremdarbeiter der Scheinfirmen bestimmt nicht gut auf ihn zu sprechen und haben ihn bedroht und etwas angetan. Walter hat sie immer wieder besonders kontrolliert und gegen sie ermittelt. Diesen Menschen traue ich alles zu."

„Das haben wir gründlich untersucht. Da ist nichts."

Ziemlich verzweifelt sitzt Erika weinend in ihrem Sessel: „Ich habe nicht nur Walter verloren. Die Kinder haben keinen Vater mehr. Finanziell habe ich jetzt schon große Sorgen. Ich bin froh, dass mich in dieser schweren Zeit meine Schwester Maria unterstützt."

Helga tröstet Frau Kirchhoff:

„Mir ist klar, dass Ihnen der Tod Ihres Mannes sehr nahe geht. Wenn ich Ihnen irgendwie helfen kann, sagen Sie es mir. Wenn ich kann, will ich Ihnen einige Sorgen abnehmen."

Erika hat sich wieder gefangen:

„Walter hat sicher ein gutes Gehalt. Aber in seinem Alter ist der Pensionsanspruch für mich nicht sehr hoch. Ich werde große finanzielle Einbußen haben. Hoffentlich zahlt die Lebensversicherung."

Helga verspricht ihr:

„Wir werden in unserem Abschlussbericht den Tod Ihres Mannes so darstellen, dass ein Fremdverschulden nicht mit hundertprozentiger Sicherheit ausgeschlossen werden kann. Dann bekommen Sie wenigstens das Geld der Lebensversicherung."

„Ich danke Ihnen. Im Moment kann ich keinen klaren Gedanken fassen. Wären wir bloß nicht von Münster nach Halle umgezogen. Und das nur, weil Walter eine bessere Stellung im Beruf haben wollte."

Helga Hoffmann steht auf:

„Frau Kirchhoff. Ich möchte mich verabschieden. Wenn noch irgendetwas ist, bei dem ich Ihnen helfen kann, rufen Sie mich an. Haben Sie neben der Unterstützung durch Ihre Schwester Maria noch jemanden, der Ihnen und Ihren Kindern helfen kann?"

„Ja, Reiner Wolle von der Baufirma kommt jetzt regelmäßig und hilft mir bei dem ganzen Papierkram. Auch Walters Chef, Herr Wenning, unterstützt mich."

„Auf Wiedersehen", sagt Helga und geht.

Nachmittags kommt Maria zu Erika.

Nach und nach kommen auch die Kinder nach Hause.

„Wenn ich das alles so bedenke", sagt Erika, „will ich nicht hier in Halle bleiben.

Dieser ganze Umzug von Münster nach Halle hat uns doch nur Umstände gemacht und Unglück gebracht. Walter ist jetzt tot und ich sitze hier mit den Kindern in einer Stadt, in der wir alle außer Walter nicht leben wollten."

Maria schweigt eine ganze Zeit und sagt dann:

„Du hast es aber Walter zuliebe mitgemacht. Du wolltest genau wie er, dass er hier Karriere macht. Du hast deine eigenen Bedürfnisse und auch die der Kinder immer Walters Wünschen untergeordnet.

Kein Mensch konnte vor einem Jahr wissen, dass Walter hier so schrecklich sterben wird."

Erika weint still vor sich hin. Jetzt ist es so und sie muss damit klar kommen.

Dann stammelt sie unter Tränen:

„Ich werde jetzt alles unternehmen, um mit der ganzen Familie wieder nach Münster zu ziehen. Ich hoffe, dass du mir dabei hilfst."

Maria beruhigt sie:

„Natürlich helfe ich dir."